KB271526

김운영 게임 판타지 소설
GAME FANTASY STORY

워로드 구오 2

김운영 게임 판타지 소설

초판 1쇄 찍은 날 § 2009년 12월 3일
초판 1쇄 펴낸 날 § 2009년 12월 10일

지은이 § 김운영
펴낸이 § 서경석

편집장 § 문혜영
편집 § 주소영

펴낸곳 § 도서출판 청어람
등록번호 § 제1081-1-89호
등록일자 § 1999. 5. 31
어람번호 § 제1-1098호

주소 § 경기도 부천시 원미구 심곡2동 163-2 서경B/D 3F (우) 420-822
전화 § 032-656-4452 팩스 § 032-656-4453
http://www.chungeoram.com
E-mail § eoram99@chollian.net

ⓒ 김운영, 2009

ISBN 978-89-251-2010-2 04810
ISBN 978-89-251-2008-9 (세트)

김운영 게임 판타지 소설
GAME FANTASY STORY

워로드 *War Lord*

구오

2

나싱

도서출판
청어람

Contents

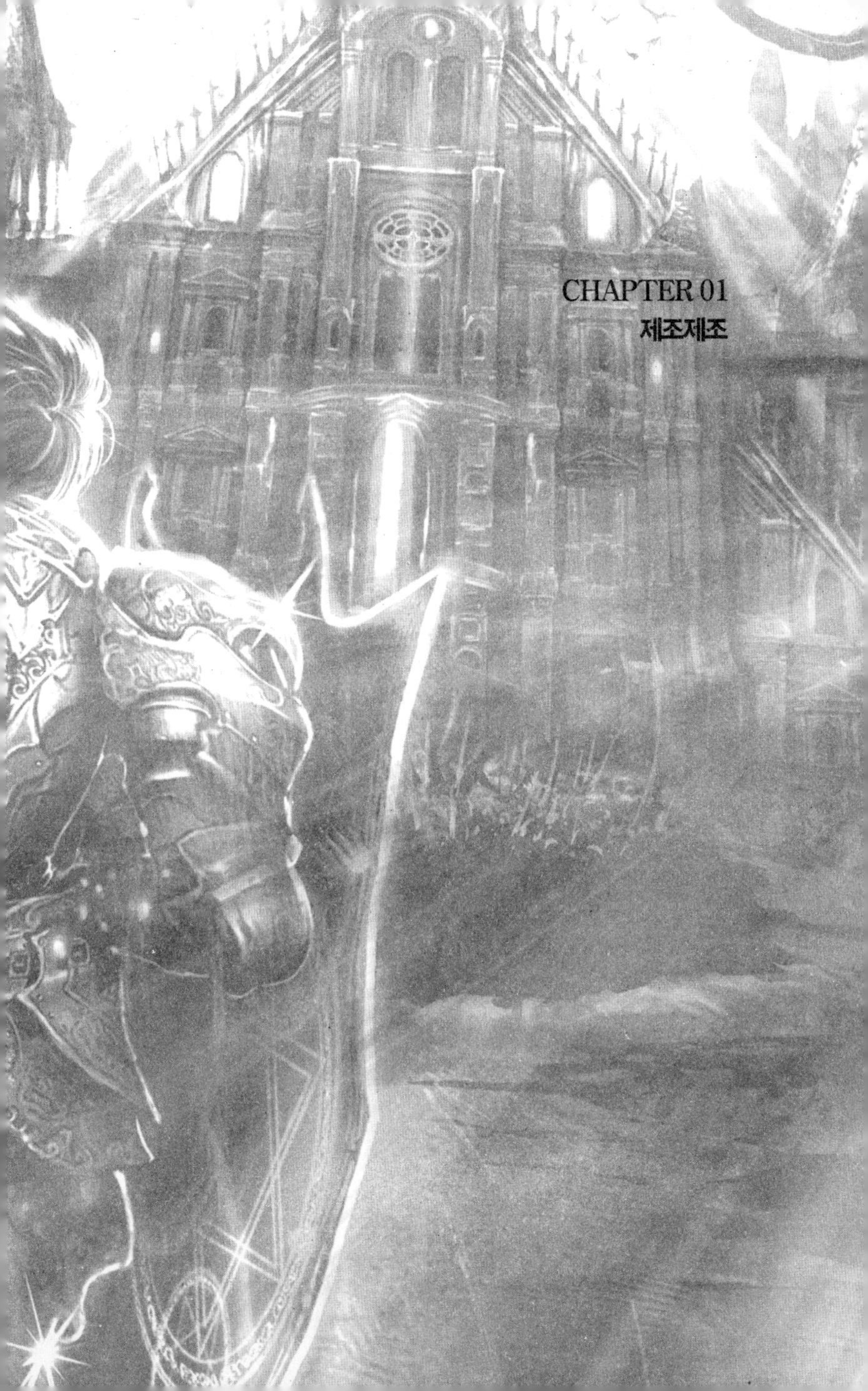

CHAPTER 01
제조제조

WAR LORD 워로드구오

　　최고의 인기 스타이자 가수인 레미가 진행하는 프로에 출연하기로 해놓고 펑크를 내게 된 준호는 거의 미칠 것 같은 심정이었다.

　　이건 공신력에도 크게 영향을 미치고 또 개인적으로도 팬이기 때문에 레미에게 미안했다.

　　준호는 일단 레미의 매니저에게 정말 죄송하다고 사과의 전화를 했다. 접속이 끊긴 것은 어쩔 수 없다고 해도 그때 비씨피가 70 이하였기 때문에 재접속을 못한 것은 이쪽 잘못이라 할 수 있다.

　　결국 레미와의 인터뷰는 무산이 됐다. 사고로 인한 것이라 그쪽에서도 크게 화를 내지는 않았지만 스케줄을 맞출 수 없는 상황이라 어쩔 수 없이 다른 출연자로 대체한 모양이다.

"방송 탈 기회를 놓쳤네. 쩝."

"아니, 방송이 문제가 아냐. 나의 레미님이! 흐흐흑."

"평소처럼 11시에 들어갈 게 아니라 기다렸다가 새벽 세시에 접속을 해야 했어."

생각하면 생각할수록 참으로 안타까운 일이다.

이 일로 준호는 한 가지 결심을 하게 되었다. 그것은 가능한 한 비씨피를 70 이하로 떨어뜨리지 않는다는 것이다.

일본은 지진이 많은 나라다. 그런데 좀 심한 지진이 일어날 경우 접속기가 유저의 안전을 위해 긴급 접속 종료를 할 수도 있다.

무너지고 그런 수준이면 당연히 난리가 나고 게임도 접속할 수 없겠지만 그냥 크게 흔들려도 센서가 작동할 수 있는 것이다.

그런 상황이 벌어졌을 때, 지진이 멈추고 나서 곧바로 접속을 할 수 없다면 아무래도 이번처럼 곤란한 일이 일어날 수 있다는 것을 준호는 깨달았다.

"어차피 내가 비씨피 70까지 이용하는 시간은 다른 사람들의 최대 이용 시간과 비슷하다. 대신 하루에 두 번 플레이를 하면 되겠지."

단지 이럴 경우 한 번 접속으로 주욱 게임을 하는 것보다

시간 손실이 약간은 생기게 된다.

무엇보다 접속을 해서 사냥터로 나가기 위한 준비 시간과 끝났을 때 정리하는 시간이 두 배로 걸린다.

그래도 이젠 길드를 만든 상황이니 접속하자마자 파티를 구할 수 있다. 이게 큰 도움이 될 것이다.

사실 10레벨이 넘으면 던전에 들어갈 수 있는데, 혼자 사냥을 하는 것보다 경험치 효율이 좋다. 그러니 레벨 업은 역시 파티로 던전에 가서 사냥을 해야 한다. 하지만 길드에 들지 않으면 파티원을 구하는 데 무척 고생을 할 수도 있는 것이다.

"그건 그렇고, 얘는 어떡하지?"

준호는 눈앞에서 모습이 서서히 선명해졌다 투명해졌다를 반복하는 무를 보았다. 아무리 봐도 사람은 아니다.

유령을 보았을 때 생기는 공포 따위는 이미 물 건너간 지 오래다.

애초에 준호는 귀신을 무섭다고 생각하지도 않았지만 거기에 화도 내고 또 상대가 울기까지 했으니 이건 그냥 옆집 여자 애나 다를 바 없다.

무도 더 이상 준호를 놀라게 하겠다는 생각은 하지 않고 조용히 앉아 있었다. 울음을 그치고 이성을 되찾은 무는 준호가 기절하지 않고 자신과 같이 있는 것만으로도 가슴이 두근거렸다.

뭐든지 말을 하고 싶었지만 방금 전 상황이 상황인지라 먼저 입을 열지는 못하고 눈치만 보고 있는 중이다. 산발한 머리도 급한 대로 얼른 뒤로 넘겨서 이마 쪽에 둘렀던 띠로 묶었다.

"그러니까, 네가 이 집에 사는 유령이란 말이지?"

준호가 먼저 말을 꺼냈다. 무는 기다렸다는 듯이 공손한 목소리로 대답했다.

"예."

"계속 이 집에 있었니? 다른 곳엔 안 가고?"

"예, 집에서 나갈 수는 있는데요, 그러면 왠지 불안해지고 빨리 집 안으로 돌아오고 싶어져요. 그래서 몇 번 나갔다가 바로 돌아왔어요."

"음, 그럼 넌 지박령이란 소리군."

"맞아요. 저 지박령이에요."

지박령은 한곳에서 움직이지 않는 유령을 말한다. 아무래도 무는 이 집이나 땅에 어떤 사연이 있는 듯하다.

"내참, 유령이란 게 자기 스스로 지박령이라고 말할 수 있는 거구나. 어디서 보니까 유령은 자기가 유령인지 모르는 경우도 많다고 했는데."

"에이, 절 그런 잔류사념하고 같은 취급하시면 안 돼요. 전 생각하고 활동하는 일급 지박령이라고요."

"아, 유령도 일급, 이급이 있구나. 그건 그렇고, 넌 왜 지박령이 됐는데?"

무는 고개를 갸웃거리며 잠시 생각하다 말했다.

"깨어나기 전의 기억이 잘 안 나요."

"일급 맞아? 이급 아냐?"

"어떻게 죽었는지도 모르겠고요, 살아 있을 때의 기억 중 생각나는 것은, 음, 몇몇 자매가 있었는데 친자매는 아니고, 서로 경쟁을 했어요. 그래서, 음, 그 경쟁에서 지면 죽는 건데, 제가 죽은 걸 보니 졌나 봐요. 헤헤헤."

무의 웃는 얼굴이 약간 어색했다. 아무래도 죽음에 대한 기억은 되살리고 싶지 않는 듯했다.

"경쟁에서 지면 죽는다고? 그런 심한 경우가 있다니. 누가 그런 짓을 시켰는데?"

"음, 상인? 네, 맞아요. 상인이란 사람이 있었어요. 그런데 무슨 경쟁인지는 기억이 안 나요. 상인이란 사람이 시킨 건지도 확실치 않고요."

"언제 죽었는지는 기억이 안 나? 이름이 무라고 했잖아. 성은 혹시 기억 안 나니?"

"성은 없는 것 같아요. 사실은 이름도 무가 아닌데, 경쟁하던 자매들도 다 무로 불렸거든요. 음, 그러니까 경쟁에서 이긴 사람만 정식으로 이름을 받기로 되어 있었던 것 같아요. 맞아요! 죽는 건 두렵지 않았지만 이름을 받고 싶어서 그렇게 노력을 했어요."

준호는 탐정이라도 된 기분이 되어 무가 조금이라도 기억을 회복하도록 이것저것을 물었다.

하지만 무의 기억은 단편적인 것밖에 없어서 잘 이해할 수 없는 부분도 많았다. 말투 자체도 조금 이상한 게 옛날에 쓰이던 단어가 종종 섞여 나왔다.

그나마 의식만 생기고 아직 사람들에게 모습이 보이지 않을 무렵 억지로 집을 나가서 사람들을 관찰하면서 요즘 말을 꽤 많이 배웠다고 했다.

전기나 기계 같은 현대 사회에 대한 지식의 일부분도 그때 얻은 모양이다.

"그런데 준호 오라버니는 어떻게 그렇게 둔해요? 원래 저 같은 유령이 접근하면 무조건 잠에서 깨어나야 하는데 오라버니는 절대로 안 일어나지 뭐예요."

분위기가 많이 부드러워지자 이번에는 무가 화제를 바꿨다.

준호는 피식 웃고는 말했다.

"잔 게 아니거든. 가상공간에 접속한 거야. 네가 이해할지는 모르겠는데, 이 기계를 통해 의식만 다른 공간으로 들어간다고 보면 돼."

"그럼 혼이 다른 곳으로 빠져나갔던 거군요."

"꼭 그런 건 아닌데, 아무튼 그거랑 비슷해. 가상공간에 접속하면 또 다른 나로 생활을 하게 되니까 말이야."

무는 이해를 할 듯 못할 듯한 표정을 짓다가 시선을 오메가 다이버 세븐으로 돌렸다.

"이게 접속기란 거예요? 그러고 보니 전에 옆집에서 웬 아저씨가 머리에 뭘 쓰고 누워 있는 걸 본 적이 있어요. 그거랑 같은 거란 말이죠?"

가상공간에 대해 말을 해주자 마냥 신기한 모양이다. 오메가 다이버 세븐을 이리저리 살폈다.

준호는 잠시 무를 지켜보다가 물었다.

"너, 컴퓨터는 알아?"

"컴퓨터요? 알아요. 하는 거 본 적 있어요."

"그래? 그럼 한번 해볼래?"

준호가 한쪽에 있는 컴퓨터 단말기를 가리키자 무는 호기심과 기대에 가득 찬 눈으로 의자에 앉았다. 그리고는 손으로 단말기의 스위치를 누르며 말했다.

"이거 켜면 되죠?"

딸깍!

"오호! 너, 물리적으로 힘도 쓸 수 있니?"

무는 자랑스러운 표정으로 어깨를 으쓱하며 가슴을 살짝 앞으로 내밀었다.

"그러니까 아까 접속기도 껐죠. 이래 봬도 스위치 정도는 얼마든지 켜고 끌 수 있다고요. 제가 티슈도 잘 뽑거든요. 보여드려요?"

“아니, 그건 됐고, 일단 모니터를 봐봐. 이 마우스를 움직이면 화살표가 따라 움직이지?”

“아, 저 그건 무거워서 못 움직여요. 툭 치는 건 되는데 잡는 건 어렵거든요.”

“아차, 마우스는 무겁나? 그럼 잠시만.”

준호는 설정을 바꿔 키보드 방향키로 화살표를 움직이게 했다. 이러면 준호는 답답해서 쓰기 힘들다. 하지만 무가 마우스를 움직일 수 없으니 이렇게라도 해야 했다.

준호는 일단 인터넷 검색 엔진을 켰다.

“화살표를 여기로 맞추고 이걸 누르면 화면이 떠. 그러면 다시 요기에 화살표를 맞추고 알고 싶은 것을 입력하면 관련 정보가 뜨거든.”

“와! 이런 게 있었구나. 되게 신기하네요. 그런데 이건 뭐에요?”

“아, 그건 영어야. 너, 영어 모르니?”

“몰라요. 헤헤. 키 크고 눈이 파란 서양 사람이 쓰는 말이지요?”

“응.”

“사실은 제 아빠가 서양에서 온 사람이라고 했는데 한 번도 본 적이 없어요. 아빠는커녕 엄마도 못 봤으니까요. 아, 맞아요. 제가 경쟁에서 진 이유가 서양 피가 섞였기 때문이라고 했어요.”

"오잉? 너, 혼혈이었니?"

준호는 놀라서 다시 무를 자세히 보았다.

완벽한 실체가 아니라 반투명한 몸이라서 지금까지는 대충 그런가 보다 했는데 과연 무의 눈은 약간 파란색 기운을 띠고 있었다. 또 피부도 유령임을 감안해도 상당히 하얗다.

나이는 약 십칠팔 세 정도 되었는데, 눈이 크고 표정이 순박해 보이면서도 입가에 애교가 있는 무척 예쁜 얼굴을 하고 있었다.

아마 살아 있었으면 보는 사람마다 시선을 떼지 못할 정도의 미인일 듯했다.

하지만 지금은 아무래도 묘한 기운을 뿜어내는 유령이라 그렇게까지 혹해 보이지는 않았다.

오히려 귀기가 서린다고 할까? 예쁠수록 무서운 법이다.

"음, 그러고 보니 나도 살짝 피부가 일어났군."

준호는 자신이 알게 모르게 유령에게 놀랐음을 깨닫고 단전 심호흡을 몇 번 했다. 그러자 곧 배와 등에 따뜻한 기운이 올라오고 닭살처럼 일어났던 피부도 원래대로 돌아왔다.

그사이 무는 웹 사이트를 이리저리 돌아다니며 연신 감탄성을 지르고 있었다. 마냥 신기한 모양이다.

특히 인기 연예인들의 짧은 치마를 비롯해 노출이 심한 의상을 보고는 꺄아 하고 눈을 가리기도 했다.

그러고 보니 무는 일본의 옛날 무녀들이 입는 옷을 입고 있었다.

"참, 너, 신문이나 잡지도 볼래?"

"신문, 잡지요?"

"그래, 책장만 넘길 수 있으면 볼 수 있으니까 한번 봐봐."

준호가 한쪽 책꽂이에서 읽기 쉬운 만화 잡지를 몇 권 꺼내 주자 무는 그것을 보았다. 그리고는 곧 큭큭대고 웃었다. 재미있는 모양이다.

그렇게 준호가 무에게 새로운 문화를 소개시켜 주고 있는 사이 어느덧 아침이 되어버렸다.

창문 틈으로 햇볕이 들어오니 무의 형체가 점점 흐려져 갔다.

"아, 날이 밝았구나. 넌 이제 사라지는 거니?"

"아앙, 가기 싫어요. 이렇게 재미있는 게 많은데 어떻게 밤까지 기다려요!"

무는 사라지기 싫다는 듯 두 주먹을 꾸욱 쥐고 몸을 부르르 떨었다. 그러자 순간적으로 무의 형체가 조금 진해졌다.

어린아이가 재미있는 놀이를 하다가 졸음이 쏟아져 억지로 참는 것과 비슷한 표정이었다.

그러나 역시 태양빛 앞에서 유령이 버틸 힘은 없는지 점점 흐려져 갔다.

"오라버니, 밤에 또 봬요. 제발 접속하지 말고 저랑 좀 놀아줘요. 예?"

무는 마지막으로 눈물을 글썽이며 사정하며 사라졌다.

준호는 한숨을 한 번 길게 내쉬고 창문의 커튼을 활짝 열었다.

"나보고 어쩌라고."

요 며칠간 너무나도 많은 일이 일어났다.

새로운 환경에 적응하기 위해 눈코 뜰 새 없이 노력해야 했다. 그런데 이제 유령소녀와도 놀아줘야 하는 상황이 되니 아무래도 생활이 마구 꼬이는 느낌이 들었다.

"에효, 어떻게든 되겠지."

무가 얼마나 오랫동안 어둠 속에서 홀로 지냈는지는 모른다. 준호 역시 산속에서 사부님 이외의 사람과는 거의 만나지도 못하고 수련으로 점철된 어린 시절을 보낸 바 있다. 외로움과 고독에 대한 고통은 준호가 누구보다도 더 잘 안다.

사람과 유령이라는 종족의 차이는 있지만, 준호는 무에게 동병상련의 정을 느꼈다.

"그럼 일단 시간 계획을 다시 짜보자. 하루 세 번 접속해서 한 번은 공부를 하고 두 번은 게임을 한다. 무하고 놀아줄 시간은 언제로 정하지? 밤새 내내 놀 수는 없는데 말이야."

준호는 열심히 고민을 하면서 아침을 먹고 학교에 갈 준비를 했다.

*　　　*　　　*

“하루 네 시간. 너랑 같이 있을 수 있는 시간은 그게 한계
야. 오케이?”

“우웅, 오케이.”

무는 조금 더 같이 있고 싶은 모양이었지만 그것만으로도
감지덕지한지 얼른 고개를 끄덕였다. 하룻밤 사이 오케이란
말도 배운 모양이다.

“내가 접속했거나 자는 사이에는 혼자 컴퓨터를 보든 책을
보든 해. 신문도 잡지도 왕창 모아왔으니까 말이야.”

준호가 가리킨 곳에는 각종 신문과 잡지가 좌악 널려 있었
다. 낮에 헌책방을 비롯해 이곳저곳을 돌며 구해온 것들이다.
무가 책장은 넘겨도 책을 들 수는 없기에 일부러 한 권씩 펼
쳐 놓았다.

무는 약간 감동한 표정이 되어 웃으며 말했다.

“헤헤헤, 이거 다 저 보라고 모아주신 거예요?”

“그래. 책장에 있는 책들도 보고 싶으면 꺼내줄게. 또 원하
는 거 있어?”

준호가 묻자 무는 잠시 머뭇거리다가 말했다.

“오라버니, 저 공부하고 싶어요. 특히 영어하고 역사요.”

“잉, 공부?”

“공부해서 요즘 세상을 알아야 오라버니랑 대화가 되지
요.”

"음, 그것도 나쁘진 않겠다. 알았어. 일단 내가 쓰는 기초 영어책을 봐. 다른 것들은 일단 인터넷으로 검색해서 찾아보고 필요하면 구해줄게."

"예, 고맙습니다."

준호가 책장에서 영어 문법책을 꺼내 바닥에 놓아주니 무는 앉은 채로 손을 모아 준호에게 살짝 절을 했다.

무는 자신이 원하는 걸 뭐든지 들어주는 준호가 너무나 고마웠다. 어제까지는 무에게 즐거운 일이라고는 하나도 없었는데 오늘은 마냥 즐겁고 좋았다.

준호는 그 뒤로도 운동을 하면서 무와 이야기를 나누었다. 무가 컴퓨터를 조작하다가 막히는 데가 있으면 설명을 해준다던가, 모르는 용어가 나왔을 때 대신 관련 정보를 찾아준다던가 하는 일도 했다.

어느덧 시간이 지나 준호가 잠을 잘 시간이 되었다. 준호는 이제 낮 타임에 주로 게임을 하고 밤에는 무와 놀아주고 잠을 지기로 했다.

전과는 거의 반대의 생활이기에 당분간은 신경 써서 몸 조절을 해야 하겠지만 곧 적응할 것이다.

"그럼 난 이제 조금 잘 테니까 너 혼자 놀다가 들어가."

"예, 조용히 놀게요. 편히 쉬세요."

*　　　*　　　*

코볼트의 하이브.

이 근처에서 10레벨부터 20레벨까지 파티 플레이를 즐길 수 있는 던전이다.

코볼트는 견족과 도마뱀족의 사생아처럼 생긴 마물이다. 모양은 두 발로 서서 재롱을 떠는 강아지와 흡사하지만 피부에는 털이 아닌 파충류의 비늘이 돋아 있다.

하지만 울음소리는 '깨갱' 아니면 '컹' 이니 견족 70%에 도마뱀 30% 정도의 비율로 생각하면 되겠다.

이놈들은 자신들의 소굴을 마치 벌집과 같은 형태로 만들어 놓았다. 방의 모양은 육각형이고 복도 없이 방과 방이 미로처럼 연결되어 있다.

그래서 유저들은 두 명이나 세 명의 소수 팟일 경우에는 방 하나에 생성되는 코볼트를 잡다가 사람이 늘어나면 여러 방에 걸쳐 사냥하는 형식으로 플레이를 한다.

비교적 인원수의 제한도 자유롭고 또 한자리에 죽치고 앉아 있으면서 사냥을 하면 되니 상당히 편한 던전이라 할 수 있겠다.

구오도 요즘 접속을 하면 코볼트의 하이브에서 죽치고 닥사를 했다.

닥사란 닥치고 사냥만 한다는 말이다. 비슷한 표현으로 닥힐이 있는데 힐러는 닥치고 힐만 하라는 뜻이다.

몸빵 하나는 자신이 있는 구오다.

코볼트가 돌로 만든 창으로 찔러봐야 그가 입은 철판 갑옷의 방어력에는 슬플 정도로 무력했다.

가끔 코볼트 샤먼이 떠서 짚으로 된 인형에 못을 박으며 구오에게 땅 속성 대미지 마법을 걸지만 그것도 피가 많으니 큰 위협이 되지 못한다.

"구오님, 정말 피 많으시네요."

"하하하, 많긴요. 피에 다 박긴 했지만 이 레벨에서 그게 그거죠, 뭐."

"와, 그럼 솔로 사냥은 포기하신 거예요? 대미지 안 나올 텐데."

"혼자 할 때는 그냥 천천히 잡습니다. 그리고 전 솔로보다는 파티플이 좋아서요."

거짓말은 아니다. 요즘 구오는 사람들과 어울려 노는 재미에 폭 빠져 있다.

특히 동시에 코볼트 여러 마리가 나타나 파티가 위기에 빠졌을 때, 그가 서너 마리의 타격을 한 몸으로 버티면서 무사히 어려움을 극복하면 사람들의 찬사가 사방에서 폭죽처럼 터진다.

이게 바로 몸빵의 재미구나!

사부랑 살면서 별로 남의 칭찬을 받아보지 못한 구오였기에 아무래도 아부와 찬사에는 약한 면을 보였다.

오늘도 구오는 팔 인 풀파티의 몸빵이 되어 늠름하게 여섯 개의 방에 뜨는 코볼트를 싹쓸이하고 있었다.

이제는 이 안에서 사냥하는 대부분의 유저와 친해져서 잘 못해서 다른 방으로 들어가면 인사를 하느라 시간이 지체될 정도다.

구오는 일반 유저들에게는 어디까지나 매너 게임을 하기 때문에 모두들 구오를 좋아했다.

한참 사냥을 하고 있는데 옆방에서 누군가가 외치는 소리가 들려왔다.

"여긴 우리가 사냥하는 방이라니까요! 님은 다른 방 가서 하세요!"

"낄낄낄, 님들이 여기 전세 냈남? 같이 좀 놉시다."

"아우, 뭐 저런 사람이 있어."

구오는 걸음을 멈추고 계속 이야기를 듣다가 옆에 있는 링 링을 보았다.

"제존 것 같지?"

"분위기가 딱 그거네요. 재수없는 놈들."

링링은 손에 든 할버드를 부르르 떨었다. 당장에라도 뛰어들어 뭐라고 하고 싶은 표정이었다.

"이봐요, 정말 저리 안 갈 거예요!"

"허따, 성깔있는 년이네. 잘하면 사람 치겠다. 꼬우면 쳐 봐. 쳐보라니까!"

확실히 제조다. 도발 스킬이 장난이 아니다.

"잠시만요."

구오는 링링에게 무인양품 검을 건네고 인벤에서 목검을 꺼내 들었다. 저번 패치로 죽었을 때 장착하고 있지 않은 아이템도 떨어질 확률이 생겨서 이제는 소중한 물건을 인벤에 넣어놓아도 안심할 수 없게 되었다.

"가시게요?"

링링이 검을 받으며 물었다.

구오는 말없이 고개를 끄덕이며 갑옷도 벗어 게 껍데기 세트로 갈아입었다.

며칠 만에 입는 게 껍데기 갑옷인가. 이렇게 하면 잃어도 아까울 게 없다. 구오는 왠지 모르게 편안한 기분이 되었다.

"역시 난 이게 어울려."

구오가 웃으며 중얼거리자 링링은 정색을 하고 말했다.

"안 어울려요. 밖에선 절대로 이 모습으로 다니지 마세요."

"알았어."

건성으로 대답하며 구오는 문을 열고 옆방으로 들어갔다.

방 안의 광경은 그야말로 가관이었다. 얼굴 표정부터가 양아치처럼 생긴 놈 하나가 방 한가운데에 큰대 자로 드러누워 버둥거리는 중이었다.

"내가 사냥 못하면 니들도 못하는 거야. 카카카카."

원래 이 방에서 사냥하던 사람은 둘이었는데 모두 여성 유 저였다. 서로 친구인 듯 나이도 비슷하고 한 사람은 순찰자, 또 한 사람은 치유사였다.

"안녕하세요? 잠깐 실례하겠습니다."

구오는 방에 들어가서 우선 웃는 얼굴로 두 사람에게 인사를 했다. 그리고는 목검을 들어 바닥에 누워 있는 자의 머리를 향해 냅다 내려쳤다.

빡!

소리는 요란한데 대미지는 10점이다. 목검의 한계가 그렇다.

"아! 너 뭐 하는 놈이야?"

"죽여보라며. 그대로 있어라. 내가 확실하게 죽여서 카오 돼 줄게."

구오는 웃으며 말했다. 상냥한 웃음이 아닌, 분위기가 서늘해지는 썩소였다.

구오는 다시 목검을 들어 올리며 말했다.

"이게 바로 개념탑재를 촉진하는 정신봉이다. 최하급 무기라 절대 빨리 죽지 않으니 천천히 네 죽음을 즐겨라."

빡빡빡!

"이 새끼가!"

상대가 벌떡 일어나며 인상을 썼다. 대미지는 그다지 크지 않고 고통도 없이 그냥 짜릿한 신호성 진동만 느껴지지만 목검으로 두들겨 맞는데 기분이 좋을 수는 없다.

구오는 히죽 웃으며 말했다.

"왜, 죽기 싫어졌냐? 그래도 죽어라."

빡빡빡!

목검이 풍차처럼 돌아가며 상대의 머리를 집중적으로 가격했다.

원래 무기인 무인양품 소드로 이렇게 공격하면 죽어도 세 번은 죽었을 것이다. 그러나 목검은 어디까지나 초보자존에서도 잘 안 쓰는 최하급 무기. 스킬도 안 쓰고 때리니 대미지가 정말 학교에서 숙제 안 해갔을 때 맞는 정신봉 수준이다.

"이 새끼! 보자 보자 하니까!"

슉!

화를 참지 못한 상대는 결국 허리에 찬 단검으로 구오를 공격했다.

"병신, 제조도 제대로 못하는 놈이네."

구오는 살짝 피하며 말했다. 제조를 하려면 어디까지나 자기가 죽어 남을 카오로 만들겠다는 신념과 냉정함이 필요하다. 그런데 도발 몇 번에 이성을 잃어서야 어디 제조 하겠나?

구오는 일단 잽싸게 클린치 기술을 써서 상대를 끌어안았다. 그리고는 한쪽에서 구경하고 있는 링링한테 손을 내밀었다.

"링링아, 검 주라."

"예, 여기 있어요."

링링은 풋 하고 웃으면서 얼른 구오에게 무인양품 소드를 건넸다.

"이거 안 놔!"

"놓으라고? 그럼 놓지, 뭐."

역시 남자가 남자를 껴안고 있는 것은 보기에도 좋지 않고 기분은 더욱 안 좋다.

구오는 순순히 클린치를 풀며 뒤로 물러났다. 동시에 검을 휘둘러 상대의 다리를 노렸다. 스킬은 아니더라도 다리를 잘 때리면 상대가 넘어지는 효과가 있다. 대신 상대적으로 크리티컬은 잘 안 터진다.

파칵!

"넘어지네. 하체 부실이구나, 너."

"어억!"

말과 손이 같이 움직이는데 서로 조화를 이루어 리듬감마저 생성되었다. 구오는 도발과 구타를 멀티로 진행하는 기술을 타고난 것이다.

같은 보라돌이끼리 공평한 싸움이다. 그러나 이미 구오에게 말려들어 간 상대가 구오를 이길 수는 없었다. 곧 상대는 회색이 되었고, 입고 있던 가죽 장갑을 하나 떨어뜨렸다.

구오는 그걸 들고 살펴보다가 피식 하고 웃으며 말했다.

"뭐야, 하급 가죽 장갑이잖아. 하기야 제조를 하겠다는 놈이 좋은 장비를 끼고 있을 리가 없지."

구오는 다시 원래 방 주인인 두 여성 유저에게 정중하게 인사를 했다.

"실례했습니다. 그럼 계속 사냥하세요."

"아, 저, 고맙습니다."

"천만에요."

짧게 대답한 구오는 다시 자기가 사냥하던 곳으로 와서 사냥을 계속하려 했다. 그런데 곧 옆방에서 몇몇 유저가 뛰어들어 오며 외쳤다. 모두 네 명이었다.

"너냐, 내 친구 죽인 게?"

"얼라, 그냥 보라돌이네. 샤키 녀석, 반격한 건가?"

당황해하는 상대들을 보며 구오는 웃었다.

"오호, 미끼가 죽었다고 뜨자마자 달려온 거냐?"

원래 제조란 남의 아이템을 강탈하기 위해 하는 행위라 보통 미끼가 표적을 도발해서 죽으면 대기하고 있던 행동대원들이 들이닥쳐 카오가 된 표적을 죽이게 되어 있다.

이놈들이 이토록 빠르게 온 것을 보니 미끼와 미리 파티를 맺어놓고 있다가 미끼가 죽는 순산 뛰어들어 온 모양이었다.

구오는 무인양품 소드로 그들 중 중갑옷을 입고 있는 놈 하나를 공격했다.

"강격!"

파캉!

금속 부딪치는 소리가 들리며 불똥이 튀었다.

“나 아직 카오 안 됐다. 그러니까 너희들은 반격하면 안 되는 거 알지? 하하하!”

카카카캉!

연속적인 공격이 터지자 충격으로 상대가 주춤주춤 뒤로 물러났다.

“이 자식이.”

“디게 안 죽네. 대충 좀 죽어라. 나도 카오 한번 돼보자.”

구오는 정말 이놈을 꼭 죽여 카오가 되어보겠다는 절실한 표정을 짓고 있었다. 이렇게 되니 오히려 당황한 것은 상대다.

그는 미끼가 아니다. 미끼를 문 표적을 낚는 역할이다. 당연히 레벨도 높다. 그래야 표적을 순식간에 죽여 아이템을 획득할 수 있으니까.

구오가 보기에 이놈들은 20대 중반의 레벨이었다. 구오 일행보다 10레벨 정도가 높은 것이다. 이 정도면 코볼트의 하이브에서는 거의 깡패처럼 폭력을 휘두를 수 있다.

어쨌거나 구오는 열심히 공격을 가했다. 레벨이 높고 또 전사 직업이라 과연 쉽게 죽지 않았다.

그때까지 상대는 반격을 하지 못하고 계속 뒤로 밀렸다.

그때, 같이 온 놈 하나가 외쳤다.

“야, 저거 무인양품 소드다! 그냥 잡자!”

“엇, 정말?”

레어템이 눈에 들어오니 눈빛이 변했다.

보라돌이라도 죽으면 아이템을 떨어뜨린다. 잘해서 무인양품 소드가 떨어지면 대박이 아닌가?

"씨발 놈, 그러잖아도 재수없어서 꼭 죽이고 싶었다."

캉!

드디어 상대가 반격을 가했다. 구오는 피하려 했지만 명중 보정이 적용된 스킬인지 정확하게 구오의 가슴에 적중했다.

"윽!"

구오는 뒤로 밀리는 걸 버티려 하지 않고 그대로 튕겨 방구석에 붙었다.

"죽어라!"

"싫다. 클린치!"

"아, 이놈이? 이거 안 놔?"

"프리 허그 운동도 모르냐? 서로 무기 들고 패는 것보다 끌어안고 춤추는 게 얼마나 좋은 건지 생각해 봐라."

"거머리 같은 놈. 그런다고 네가 살 것 같으냐?"

파! 슈가!

클린치가 성공했다고 해서 상대가 아예 공격을 못하는 건 아니다. 단지 스킬 실패 확률이 올라가고 공격력이 떨어질 뿐이다.

이미 구오를 죽이기로 결심한 상대는 분노가 머리끝까지 올랐는지 쉬지 않고 스킬을 썼다.

그때, 구오 파티의 치유사가 구오에게 힐링 마법을 걸었다.

슈욱!

구오의 피가 차올랐다. 동시에 치유사도 보라돌이가 되었다.

"엇, 이놈들이?"

"이놈들은 무슨 이놈들이야. 나 여잔 거 안 보여?"

링링이 날카롭게 외치며 들고 있던 할버드로 구오가 껴안고 있는 기사를 공격했다. 링링 역시 보라돌이가 되었다.

"어, 이년은 폴암바바의 할버드 들고 있다!"

"오호, 보기만 해도 아는 걸 보니 전문가군."

아무래도 지금 외친 놈은 아이템 겉모양만 봐도 식별할 수 있는 수준인가 보다. 이것만 봐도 이놈들이 한두 번 해본 놈들이 아니라는 것을 알 수 있다.

"그래, 이게 바로 폴암바바의 할버드다!"

링링은 숨기려 하지 않고 크게 외치며 계속해서 공격을 가했다.

그러자 제조업자들이 서로 눈짓을 교환하고는 일제히 구오와 링링, 그리고 치유사에게 달려들었다.

"다 죽여! 하나만 건져도 대박이다!"

카카캉, 펑!

20대 중반 레벨 네 명의 합공은 무섭다.

그중 하나는 힐러라 상대적으로 공격력이 강하진 않았지

만 남은 세 명은 역시 강하다. 하지만 그중 하나는 구오가 잡고 있는 형편이라 링링은 쉽게 죽지 않았다.

"힐러부터 죽여!"

힐러를 서럽게 만드는 외침이 터졌다. 역시 집단전이 되면 가장 먼저 피 보는 것은 힐러다.

구오와 링링이 레어 무기로 유혹을 해서 처음 몇 번은 그들에게 공격이 가해졌지만 힐러가 계속 힐을 하는 것을 보고는 바로 표적을 바꾸었다.

그때 한쪽 방문이 열리며 한 사람이 뛰어들어 왔다.

"흑기사 등장이오!"

펑!

"허억! 고 렙이다."

한 방에 구오가 껴안고 있던 기사의 피가 반이나 줄었다. 이건 차원이 다른 파괴력이다.

링링이 반가운 표정으로 말했다.

"쇼부 오빠, 이놈들, 아주 저질이에요. 뽀개줘요."

"오빠만 믿어라."

10레벨대 던전에 20레벨대 제조가 와서 설치다가 60레벨대 쇼부에게 걸렸다.

"아, 씨발! 고 렙이 왜 여기 와서 난리야!"

"이런 XX 같은!"

"아까부터 느낀 거지만 입 참 더럽네."

"그러게요. 완전 시궁창이에요."

전혀 예상하지 못했던 사태에 놈들이 당황하는 모습을 구경하니 참으로 즐겁다. 구오 일행은 공격을 멈추고 한쪽 구석으로 물러나 구경에 열중했다.

쇼부는 상대가 욕을 하든 말든 묵묵히 한 놈 한 놈 확실하게 잡았다. 도망도 못 가게 넘어뜨리는 스킬과 스턴 스킬을 번갈아 쓰는 게 확실히 대인전 경험이 풍부함을 알 수 있었다.

결론은 전원 순살. 순살은 순식간에 죽인다는 소리다. 수동형은 순사다.

상황 정리까지 1분도 걸리지 않았다.

쇼부는 회색으로 변해 바닥에 누워 있는 제조들을 쓰다듬듯 만지며 중얼거렸다.

"아이템 습득."

20레벨대 보라돌이 네 명이 죽으며 떨어뜨린 템은 모두 쇼부에 의해 회수되었다.

"뭐 나왔어요?"

"쩝, 별거 없네. 짜식들, 레어 템 하나 안 끼고 제조를 하나. 그래도 몇 개는 건졌다."

"쳇, 레어를 노리다 잡혔으면 레어를 떨어뜨려야 예윈데. 애들이 싸가지가 없네요."

"그러게 말이다. 불경기라서 제조도 템이 구려."

쇼부는 피식 웃으며 맞장구를 쳤다. 그 역시 보라돌이가 되었지만 이 근처에서 그에게 칼질을 할 만한 자는 없다. 시간이 지나면 자연스럽게 풀릴 것이다. 무엇보다 그는 암살자다. 숨어서 잠복하는 게 일이다.

"그럼 수고."

할 일을 마친 쇼부는 간단하게 인사를 하고 방을 나갔다. 나서는 순간 은신을 쓰니 모습이 흐릿해져 사라져 버렸다.

구오는 자기 자리로 돌아가 파티원들에게 말했다.

"자자, 닥사 중에 시간을 지체해서 죄송합니다. 다시 시작하죠."

"별말씀을. 구경 잘했습니다. 하하하!"

구오 일행은 태연하게 다시 사냥을 시작했다.

"그런데 구오 오빠, 쇼부 오빠네는 왜 돌아가며 여길 지키는 거예요?"

링링이 문득 궁금하다는 듯이 물었다.

쇼부네 파티는 전과는 달리 소수 파티로 레벨을 올리는 중이다. 그리고 한 사람씩 번갈아가며 이곳 코볼트의 하이브에 와서 대기한다.

구오는 별거 아니라는 듯이 링링에게 설명했다.

"방금 있었던 상황처럼 저 레벨들이 억울한 꼴을 당했을 때, 고 레벨이 도와주면 얼마나 고맙겠어? 고 레벨 한 사람이 조금 희생하면 저 레벨 100명이 편해지는 거거든."

“아항.”

“응, 사실 이건 내가 하면 몰라도 남한테 시킬 건 아닌데, 쇼부 형은 흔쾌히 승낙을 해주더라. 그 형 말로는 이런 일을 지속적으로 하면 알아서 길드원들이 불어난대.”

구오는 귀엣말로 링링에게만 살짝 덧붙였다.

[그리고 아까처럼 우리가 제조업자를 제조하는 데 성공하면 템이 나오잖아. 그건 쇼부 형네 파티가 알바비로 먹기로 했어.]

“히히, 그런 거군요.”

제조업자를 제조한다. 이름하여 제조제조 작전이다.

그러니까 구오가 제조나 비매너에 대한 대책을 고안해서 쇼부에게 말하자 쇼부가 이를 받아들여 적극적으로 실행하고 있는 것이다.

말은 쉽지만 실제로 남을 위해 희생하는 것은 결코 쉽지 않다.

그런데 그런 발상을 하는 구오나 그걸 서슴없이 실행하는 쇼부나 대단한 사람이다.

링링은 이 길드, 아주 잘 돌아간다고 속으로 좋아했다.

이후로도 구오는 접속할 때마다 코볼트 하이브에서 사냥을 하면서 비매너나 제조를 만나면 가차없이 응징을 가했다.

도발에 넘어가지 않는 놈들도 있었지만 그래도 구오는 서슴없이 목검으로 패서 죽이고 카오가 되었다.

물론 그러기 전에 좋은 장비는 모두 링링에게 건넸기 때문에 죽어도 떨어지는 것은 목검과 게 껍데기 갑옷뿐, 얼마 안 가 제조업자들 대부분이 구오를 알아보고 살살 피하게 되었다.

코볼트 하이브 내의 제조가 급격히 준 것은 모두 구오의 덕이라고 할 수 있었다.

비록 경험치 손실이 조금 있어도 10레벨대에는 금방 복구가 된다. 체력으로 승부하는 구오는 그런 손실에도 불구하고 링링보다 빠르게 20레벨을 찍었다.

구오는 코볼트 하이브를 떠나며 입구에 그동안 깎아놓은 목검을 모두 쌓아두고 앞에 하나의 표지판을 세웠다.

제조가 여러분을 도발할 경우, 절대 흥분하지 마시고 일단 믿을 만한 친구에게 값비싼 장비를 맡기십시오. 그 이후에는 이 개념탑재를 촉진하는 정신봉으로 열심히 때려잡는 겁니다.

마음에 여유가 있으시면 단숨에 때려잡지 마시고 피를 절반쯤 뺀 다음에 한 1ㅁ분 정도 잡담을 나누며 쉬십시오. 검술 연습을 한다고 생각하시면 조금 더 즐겁습니다

혹시 님이 남을 공격하는 것 자체를 싫어하는 분이시라면 근처에 있는 마키오 길드원에게 도움을 요청하십시오. 도와줄 것입니다.

제조, 냉정하게 대처하면 아무것도 아닙니다.

추신:목검은 공짜로 드리는 것이니 하나씩만 가져가 주세요. 혹시

조각하시는 분 중 목검 깎는 분들은 다른 분들의 제조 퇴치를 위해 요기에 기부해 주시면 감사하겠습니다.

많은 유저들이 구오의 충고에 따라 인벤 한구석에 목검을 넣어 가지고 다니게 되었다. 그리고 비매너를 만나면 중요 장비를 벗은 후 목검으로 툭툭 치며 노니 보라돌이는 되어도 새빨간 카오는 좀처럼 되지 않았다.

CHAPTER 02
20레벨의 공격대

WAR
LORD
워로드구오

무가 세상을 알아가는 사이 준호는 다람쥐 쳇바퀴 돌 듯 규칙적인 현실 생활과 가상공간 생활을 반복했다.

그러다 보니 10레벨대는 휙 하고 지나가고 드디어 20레벨대로 접어들게 되었다.

20레벨대의 유저들이 주로 이용하는 넌션은 '숙은 자들의 지하장원' 이다.

이곳은 땅 아래로 칠 층에 이르는 건물 구조로 되어 있는데, 아래로 내려갈수록 강한 언데드들이 나온다.

이곳에선 치유사들이 공격수의 역할을 할 수 있다. 반면에 언데드들의 피가 많아 다른 직업을 가진 유저들은 상대적으로 고생을 하게 된다.

　그러나 치유사들이 다 여기에 오고 싶어하니 결국 다른 유저들도 이곳에서 놀아야 했다.

　이곳에서도 구오는 마키오 길드원들과 함께 항상 파티 사냥을 했다. 당삼과 같이 플레이를 하게 된 곳도 여기에서부터다.

　이렇게 매일같이 아는 사람들과 같은 던전에서 파티 사냥을 하게 되면 갈수록 익숙해져 점점 쉽게 느껴진다.

　구오는 일주일도 안 되어 지하장원의 5층까지 들어갔다.

　5층이면 27, 8레벨은 되어야 안정적으로 놀 수 있는데, 구오는 23레벨로 여기서 몸빵을 서는 것이다. 그럼에도 불구하고 상당히 안정적으로 사냥을 했다.

　문제는 이곳에서 하루나 이틀에 한 번 꼴로 나타나는 오크 히어로다.

　오크 히어로는 네임드 몬스터로 50레벨 파티 몹인데, 오크 왕국의 국왕 호드랄이 지하장원의 언데드들과 동맹을 맺기 위해 사자로 보냈다는 설정이다.

　문제는 이놈의 사자가 언데드 보스보다 훨씬 강한 점이다. 하기야 보스보다 안 강하다면 이런 언데드 천지에서 얼마 못 버티고 이들의 동료가 되었을 테니 나름 말은 된다.

　어쨌든 20레벨대 사냥터에 50레벨 네임드가 뜨니 이건 정말 일당백이라 할 만하다.

오늘도 구오가 한참 사냥을 하는데 아래층에서 비명 소리가 들려왔다.

"아악! 오크 히어로다!"

구오는 사냥을 멈추고 당삼을 보았다.

"나왔네요. 뭘까요?"

"으윽, 여기 들어오는 데 30분은 걸리잖아."

5층까지 내려오는 건 결코 쉽지 않다. 가는 데에는 귀환 스크롤을 쓰면 되지만 올 때에는 무조건 언데드들을 잡으며 들어와야 하니 최소 30분은 걸린다.

구오는 잠시 생각하다 당삼에게 다시 물었다.

"여기 우리 길드원이 몇 명 정도 있을까요?"

"잠시만, 지금 22명 있네."

"다 모이라고 하죠. 옆쪽에 있는 다른 사람들한테도 얘기해 보고요."

"잡게?"

"도망가기 싫으면 잡아야죠."

"오키."

구오의 결단에 당삼은 이를 드러내며 환하게 웃었다. 50레벨 네임드, 백 명 정도가 모이면 잡을 수 있을 것이다.

문제는 저놈이 6층에 있는 사람들을 죽이며 돌아다니다가 5층 계단을 발견하면 위로 올라온다는 데에 있다.

구오 일행은 일단 6층으로 내려가는 계단으로 갔다. 몇몇 사람들이 6층으로부터 오크 히어로를 피해 올라오고 있었다.

구오는 그들에게 중규모 공격대 초대 신청을 했다.

중규모면 최대 100명까지 모집할 수 있는데, 한 길드의 길드장만이 구성할 수 있다. 참고로 대규모 공격대는 400명인데, 이건 마을의 지배권이 있는 길드의 수장만 가능하다.

"그냥 도망가지 마시고 같이 오크 히어로 잡아요."

"옛? 저걸 잡는다고요?"

"현재 50명 모았어요. 제가 몸빵 섭니다. 죽으면 제가 제일 먼저 죽어요."

"오, 이제 보니 구오님이시군. 같이 잡아보죠."

한 사람이 구오를 알아보았다. 다른 사람도 구오의 이름은 알고 있는지 순순히 공격대에 가입했다.

그러는 사이 위층에서 연락받은 길드원들이 속속들이 내려왔다. 주변에 있던 다른 유저들도 호기심 반, 도전 정신 반으로 따라왔다.

5분도 되지 않아 정말 50명이 넘는 사람들이 모였다.

하지만 구오나 당삼이 생각하기에는 아직도 전력이 모자랐다.

"오크 히어로가 5층으로 올라오는 순간 잡습니다. 그동안 계속 사람을 모아보죠."

"알았어. 그럼 일단 내가 분대 구성을 할게."

같은 인원수라도 여덟 명씩 균형있는 파티를 짜서 움직이는 게 좋다.

단지 몸빵인 구오를 치료하는 것은 치유사 한 명으로는 힘 드니 구오네 파티는 치유사가 적어도 세 명은 있어야 한다. 가능하면 치유사가 더 많으면 좋다.

다행히도 이곳은 치유사들이 가장 좋아하는 던전인 죽은 자들의 지하장원이다. 치유사가 격수 역할도 할 수 있는 곳이라 치유사끼리 파티를 짜는 경우도 있을 정도다.

구오의 파티에는 마법사 한 명과 치유사 여섯 명이 들어왔다. 마법사는 마나 회복을 강화하는 스킬이 있어 치유사들이 계속해서 폭힐을 할 수 있도록 도와준다.

처음에는 회의적이었던 사람들도 있었지만 점점 유저가 모여 70명이 넘자 이제는 정말 잡을 수 있다는 생각을 하게 되었다.

"내가 지금까지 저놈한테 열 번은 죽었거든. 오늘 한번 잡아보겠네."

"안 되면 내일 또 해보죠. 그땐 아는 형도 헬퍼로 부를게요."

"아, 젠장. 저놈이 무슨 아이템 떨어뜨리는지 한번 봐야지."

오크 히어로는 나타나서 30분이 지나면 사라진다. 그러니 다른 곳에서 지원을 와도 이미 늦는다고 봐야 한다.

그렇다고 해서 50렙 이상의 유저 한 파티가 오크 히어로 하나 잡기 위해 하루 종일 대기할 수는 없다.

지금은 아이템을 하나 먹기 위해 시간을 낭비하기보다는 하루라도 빨리 레벨을 올려야 하는 게임 오픈 초기인 것이다.

그 때문에 오크 히어로는 거의 잡히지 않았다. 서너 번 잡히긴 잡혔다는 소문이 있는데, 별로 좋은 아이템이 떨어지지 않았다고 했다. 좋은 아이템이 떨어졌으면 미친 척하고 대기하는 그룹이 나오겠지만 드랍도 거지이니 결국 이 네임드는 방치되었다.

과연 오늘은 잡힐 것인가? 그것도 20레벨대 공격대로?

사람들은 기대감에 찬 눈으로 조용히 계단 쪽을 지켜보았다.

오크 히어로가 나타난 지 약 20분이 지났다. 그런데 이놈이 올라오질 않는다. 보통 때라면 지금쯤 4층이나 3층까지 올라왔을 시간이다.

여느 때보다 머리가 특별히 나쁜 오크인가? 아니면 길치인가?

이제 구오와 당삼은 초조함을 느꼈다.

"30분이면 사라진댔죠?"

"안 올라오는 거 아냐?"

"그럴지도 모르죠."

"우리가 내려갈까?"

"6층은 좁아서 이 많은 사람들이 몰려다니기 힘들어요. 또

돌아다니다 보면 일반 몹들도 붙을 거고. 그러면 대열이 흩어
지니까 위험해요.”

“으음, 여기서 대기하는 게 최선인가?”

구오의 냉정한 상황 판단에 당삼은 납득하며 중얼거렸다.
그러나 모처럼 이 많은 사람을 모았는데 오크 히어로가 위로
안 올라온다면 이것처럼 김이 빠지는 일도 드물다.

차라리 도전했다가 전멸하는 게 나을지도 모른다.

“잡는 데 얼마나 걸릴까요?”

“글쎄, 10분 정도?”

“으윽, 그럼 올라와도 잡다가 사라질 가능성이 높군요.”

구오의 얼굴 표정이 구겨졌다. 아무래도 충동적으로 일을
벌이니 성공보다 실패 확률이 높을 듯했다.

애초에 도망갔다가 오크 히어로가 사라진 다음에 들어오
는 게 현명했을지도 모른다. 그래도 구오는 도망가는 게 싫었
다. 승산이 없으면 미련없이 빼겠지만, 그의 생각엔 충분히
할 만했다.

“올라오기만 하면 바로 잡습니다.”

구오는 다짐하듯 말했다.

1분 1초가 느리게 지나가는 것처럼 느껴질 정도로 초조했
지만 겉으로는 태연한 척했다.

그때, 아래층으로 정찰을 나갔던 순찰자 한 명이 외쳤다.

“옵니다!”

구오는 얼른 아래층으로 내려가 보았다. 과연 통로 저쪽으로부터 커다란 덩치 하나가 어슬렁거리며 걸어오는 모습이 보였다. 아직 구오를 발견하지는 못했는지 주변을 살피며 어슬렁거리고 있었다.

시간이 없다. 구오는 아까 사냥하다 얻은 녹슨 대거 하나를 꺼내 오크 히어로에게 던졌다.

팍!

"꾸워어어어어엉!"

"온다! 힐러들, 준비하세요! 격수는 아직 대기요!"

구오는 얼른 5층으로 올라가 입구를 틀어막듯 버티고 섰다.

가까이서 본 오크 히어로는 오우거에 필적할 정도의 덩치였다. 보통 오크의 키가 사람과 비슷한데, 이놈은 2미터 50센티 정도는 되어 보였다. 거기에 떡 벌어진 어깨는 통로를 가득 메울 정도다.

무엇보다 압권인 것은 양손에 각각 하나씩 든 도끼다. 사람이라면 두 손으로 들어도 무거워 낑낑댈 것을 마치 쌍단검처럼 가볍게 붕붕 휘두른다.

"마킹! 강격! 클린치!"

파앗! 퍽! 꼬옥!

마킹은 지능이 모자란 몹에게 가하는 도발 스킬이다. 구오가 20레벨이 되면서 새롭게 세팅한 신 스킬.

강격은 방어력 강화가, 클린치는 상대의 공격력 약화의 특성이 있다. 강력한 놈을 상대할 때에는 일단 이 세 가지를 연속적으로 먹이는 것이 구오를 비롯한 몸빵들의 기본 전술이다.

단지 오크 히어로가 너무 커서 클린치가 제대로 안 들어갔다. 구오는 급한 김에 오크 히어로의 허리를 끌어안고 잽싸게 뒤쪽으로 돌았다. 이게 먹혔다.

"크워! 크워!"

오크 히어로는 자신의 등 뒤에 매달린 구오에게 크게 화가 난 듯 연신 괴성을 지르며 도끼로 구오를 때리려 했다.

퍼퍽 하는 소리가 나며 구오의 피가 단숨에 절반이나 빠졌다. 이 정도면 전사가 아닌 다른 직업들은 한 대도 못 버티고 죽을 것 같았다.

"힐링!" ×6

"화염창!" ×왕창

"맹타!" ×왕창

구오의 피가 주욱 차올랐다. 그사이 스킬 시전 쿨 타임이 돌아온 구오는 클린치를 풀고 다시 마킹과 강격을 썼다. 그리고 이번에는 클린치를 시도하지 않고 연속적으로 평타를 때렸다.

퍼퍼퍼펑!

구오의 특기인 몰아치기가 터졌지만 역시 상대는 덩치 중의 덩치다. 조금도 밀리지 않고 다시 괴성을 지르며 쌍도끼를 동시에 위로 들어 올렸다.

쌍도끼 날이 붉게 변하며 화르르 타오르는 게 보였다.

저거 맞으면 죽는다!

구오는 순간적으로 그렇게 판단하고는 급한 김에 몸을 날려 오크 히어로의 가랑이 사이로 굴러 들어갔다.

"쿠와아아아아! 더부르르르! 히트으으으! 애쿠수우우으으으!"

스킬 명은 마물이나 사람이나 다 같이 부르짖는 것인가.

오크 히어로는 필사의 신념이 담긴 긴 에코성 스킬 명을 외치며 불타는 쌍도끼를 동시에 땅으로 내리찍었다.

쾅!

"아아악!"

이게 구오 한 명에게만 들어가는 기술이 아니었다. 멋모르고 조금 가깝게 서 있던 순찰자 하나가 바로 비명을 지르며 회색이 되었다.

"이런."

구오는 고무공처럼 몸을 팅겨 일어나며 중얼거렸다. 그는 멀쩡했다. 오크 히어로의 뒤쪽으로 굴러서 피했기에 더불 히트 액스의 영향을 벗어난 것이다.

구오는 그 자리에서 다시 강격과 평타를 날렸다. 오크 히어로는 기본적으로 구오에게 마킹을 당한 상태라 눈에 구오만 보일 정도로 화가 난 상태다.

그리하여 구오가 층계 중간에서 싸우고, 오크 히어로는 구오가 있는 계단 아래쪽을 보며 싸우는 형태가 되었다. 다른 사람들은 모두 위쪽에 있으니 오크 히어로의 등 뒤쪽에 위치한 셈이다.

"이 상태로 갑니다. 이제 공격하세요!"

"화염창!"

"맹타!"

구오가 외치자 모든 사람들이 기다렸다는 듯이 일제히 스킬을 썼다. 워낙에 레벨 차가 커서 대부분 대미지가 들어가지 않았지만 그래도 사람 수가 수인지라 누적 대미지는 확실하게 쌓였다.

구오는 오크 히어로의 평타 공격은 피하거나 몸으로 버티고, 빌살기인 더블 히트 액스는 전과 같이 가랑이 사이로 굴러 피하기로 아예 피해 버렸다.

오크 히어로가 다리를 오므리면 이번에는 뛰어서 벽 쪽으로 팅기듯 옆구리를 빠져나가기도 했다.

그리고는 다시 순식간에 앞으로 돌아와 몸빵을 서니 그야말로 테니스공처럼 통통 튀며 싸운다는 표현이 어울렸다.

"이야, 저거 봐. 구오님 솜씨가 장난이 아니다."

"어떻게 중갑옷 입고 공처럼 구를 수 있지? 혹시 무늬만 중갑옷 아냐?"

"중갑옷 벗어도 저렇게는 못 움직일걸. 소문에 들으니까 무술의 고수래."

이놈의 공격수들이 자신들이 안전하다고 판단되자 여유가 생기는지 잡담을 하기 시작했다.

'이것들이.'

바쁘게 몸빵 서는 구오는 뭐라고 한마디 해주고 싶은 충동을 느꼈지만 저렇게 잡담을 하며 적당히 긴장을 푸는 것이 공격대에 나쁜 것만은 아니라고 생각해서 참았다.

그러던 중, 피가 절반쯤 빠진 오크 히어로가 갑자기 두 팔을 옆으로 좌악 펼치며 크게 외쳤다.

"더부르르르르르! 휘리리리링그! 부르자아아아아아도!"

콰콰콰쾅!

오크의 몸이 팽이처럼 휙 하고 돌았다. 하얀 서리가 낀 도끼는 통로 벽에 부딪쳐도 전혀 기세가 죽지 않았다. 오히려 벽이 부서지며 커다랗게 파였다.

충격파가 사방으로 튀었다. 이건 피할 수도 없는 기술이다.

뒤쪽에 있던 공격수 열 명 정도가 바로 회색으로 변했다. 겨우 버텨낸 공격수들도 거의 죽기 직전이었다.

구오 역시 피가 70% 이상 줄었다. 그래도 살았다!

"힐링!" ×6

파앗!

역시 십시일반 힐링의 힘은 위대하다. 몸빵의 피가 얼마가 남든 바로 꽉꽉 채워준다.

"당황하지 말고 다른 힐러 분들은 죽은 사람부터 살려요! 아직 반 남았습니다!"

구오가 외치자 다른 파티에 속한 치유사들이 회색이 된 공격수들에게 초급 부활을 시전했다.

초급 부활은 10분에 한 번밖에 사용할 수 없는 스킬이라 전원을 살릴 수는 없었지만 그래도 열 명 정도는 다시 일어나 뒤로 빠졌다. 그들은 부활 후유증이 끝나기도 전에 다시 달려들어 공격을 가했다.

"쿠워어억!"

이제 오크 히어로는 눈에 보이는 게 없을 정도로 분노치가 극에 달했다. 눈에서 파란 불꽃이 화르륵 타오르는 게 광전사 상태가 된 듯했다.

말로만 광전사가 아니다. 오크 히어로의 공격력이 약 30% 정도 더 증가했다.

구오는 내심 초조함을 느꼈다. 1초가 1분처럼 느리게 흐르는 듯했다.

아무리 격하게 싸워도 냉정하게 상대의 힘을 가늠할 수 있도록 수련한 그였기에 이런 때에도 생각을 할 수가 있었다.

'이놈이 분명이 최후의 발악을 할 것 같은데, 그게 언젤까. 지금 내가 죽으면 이 사람들 다 죽는다.'

이곳에는 기사 직업이 구오 말고도 몇 명 더 있다. 그러나 그들 대부분이 능력치를 모두 힘에 넣은 공특전사로 방특전사인 구오에 비해 생명력이 많지 않다.

레벨이 높은 사람은 구오와 거의 비슷한 수준이겠지만 그들은 오크 히어로의 필살기를 피할 만한 몸놀림이 없다.

다시 말해 구오가 죽는 순간 이 공격대는 실패로 끝난다는 것이다.

그리고 무엇보다 오크 히어로와 싸우기 시작한 지 5분이 지나고 있다. 구오의 계산으로 오크 히어로가 사라질 때까지 약 2분이 남았다. 정말 시간이 간당간당하다.

그러는 사이 오크 히어로의 피가 거의 10%만 남았다.

순간 구오의 감각기관 한구석이 이상한 신호를 보냈다. 그것은 바로 잠을 잘 때나 밥을 먹을 때 사부가 갑자기 예고없이 기습을 가하기 전에 느껴지던 그런 신호였다.

이해할 수는 없지만 지금은 극히 위험한 순간이다!

"전원 물러서요!"

구오는 급히 외치며 오크 히어로의 허리를 향해 몸을 날렸다.

"클린치!"

"쿠오오오오오오오! 브레이쿠우우우우! 애쿠수으으으으으!"

거의 동시에 오크 히어로의 전신이 붉게 변했다. 이어서 오크 히어로는 양손에 들고 있던 쌍도끼를 서로 부딪쳤다.

쩌쩡, 콰콰콰쾅!

도끼가 깨어지며 불꽃과 파편이 사방으로 튀었다.

구오의 말을 듣고 잽싸게 물러선 사람은 겨우 폭발 영역권 밖으로 물러날 수 있었지만 늦은 사람은 전원 회색이 되었다. 특히 움직임이 느린 기사들은 거의 대부분 죽었다.

이들은 극한의 대미지를 구사하기 위해 쉬지 않고 맹타를 썼기 때문에 방어력이 약해져 있었다.

오크 히어로의 피 역시 5%쯤 주욱 빠졌다. 이놈이 광전사 상태가 되더니 일종의 자폭기를 쓴 것이다.

구오는 살았다. 클린치가 성공하고, 강격으로 인해 방어력도 올라간 상태였다.

"힐링!" ×6

죽지만 않으면 산다. 이게 바로 다굴의 힘이 아니겠는가?

"다 됐어요. 죽어라고 까요! 다른 팟 힐러도 딜하세요!"

"극딜! 극딜!"

구오가 외치자 사람들은 다시 일제히 오크 히어로에게 공격을 가했다. 치유사들도 이제는 이판사판이라는 각오로 공격 마법을 사용했다.

사람도 오크도 눈에 핏발이 섰다.

오크 히어로는 끝까지 눈이 뒤집혀 발악을 했지만 자기 스스로 무기를 파괴한 상황이라 이제는 두 주먹으로 구오를 때릴 수밖에 없었다. 쌍도끼에 비해 대미지가 절반도 안 되었다.

"꾸어어어억! 내, 내, 브레이쿠 액쿠스에도 안 죽다니……."

마지막 단말마의 비명과 애절한 라스트 워드를 남기고 오크 히어로는 땅에 쓰러져 회색이 되었다.

"와아아아아! 잡았다!"

"수고하셨습니다!"

"수고하셨습니다!"

사람들은 일제히 함성을 지르며 서로 계속해서 수고했다고 외쳤다. 이건 완전 기적적인 승리라고 말하는 유저도 있었다.

흥분의 도가니. 이들 중 대부분이 처음으로 공격대 규모로 사냥을 했다. 첫 공격대가 성공하면 게임에 중독된다는 소문이 상당한 신빙성이 있다고 느껴지는 순간이다.

어느 정도 함성이 줄어들자 당삼이 구오를 대신해서 상황을 정리했다.

"자자, 어서 죽은 분들을 살리세요. 다 살아나시면 아이템 분배 들어갑니다."

아이템! 레벨 50짜리 네임드의 아이템!

순식간에 함성이 사라지고 사람들의 눈이 욕망으로 가득 찼다. 아직 뭐가 나왔는지 확인도 안 한 상태지만 기대심리가 극한까지 올랐다.

공격대를 구성하면 아이템 획득권은 공격대장에게 주어진다.

구오는 일단 오크 히어로의 회색 몸에 손을 대었다. 게임을 하면서 가장 흥분되는 순간은 바로 이렇게 네임드를 잡고 드랍 아이템을 확인하는 시간일 것이다.

> **띠링, 오크 히어로의 몸에서 네 가지 물건이 나왔습니다.**

2,300골드, 중급 광전사 물약, 오크 국왕의 친서, 오크 히어로의 증표.

"와우!"

구오는 자신도 모르게 탄성을 질렀다.

"좋은 거 나왔니?"

옆에 있던 당삼이 얼른 물었다. 구오가 이런 탄성을 지르는 것은 뭐가 떠도 대단한 게 떴다는 소리다.

"오크 히어로의 증표라는 팔찌가 은색으로 빛나네요. 카카카카카!"

"오오오오옷! 유니크!"

"헛, 정말 유니크 나왔어요?"

“이야, 이놈이 유니크 떨어뜨리는구나.”

난리가 났다.

여기 있는 사람들은 유니크란 걸 한 번도 본 적이 없다. 왜냐하면 유니크 아이템은 레벨 제한 50부터 나오기 때문이다.

20레벨대 유저들에게 유니크는 드림일 뿐이다.

소문으로만 듣던 유니크가 그들이 잡은 마물에게서 나왔다. 흥분이 되는 순간이다.

구오는 바로 획득 아이템 공개 모드를 켰다. 그러자 사람들의 눈앞에 구오에게 뜬 획득 메시지가 그대로 떴다.

“자자, 다들 살아나시면 바로 분배 들어갑니다. 분배 규칙은 전부 랜덤 룰렛입니다. 아시겠죠?”

“와아, 랜덤 룰렛.”

랜덤 룰렛은 공격대원들 중 한 명을 무작위로 선택하여 자동적으로 아이템이 들어가는 시스템이다.

구오가 공평하게 이 분배를 선언하자 사람들은 함성을 질렀다.

곧 분배가 시작되었다. 구오가 공격대장의 자격으로 소환한 룰렛의 요정이 띠리리링 소리를 내며 사람들의 머리 위를 연속적으로 순간이동하여 움직였다.

“당첨! 2,300골드! 추카드려요루렛.”

일단 골드가 한 유저에게 돌아갔다. 그 뒤로 중급 광전사 물약과 퀘스트 시작 템인 오크 국왕의 친서도 분배되었다. 마지막으로 남은 것은 대망의 오크 히어로의 증표!

"자, 돌립니다."

구오는 마지막으로 룰렛요정에게 분배 신청을 했다.

유니크 아이템 분배를 위임받은 룰렛요정의 눈이 빨갛게 변했다. 룰렛요정은 주먹을 불끈 주고 날개를 파르르 떨며 외쳤다.

"대박 템이네요. 준비되셨으면 쏠게요~"

파라라라라라라!

현란한 움직임이다. 룰렛요정이 어찌나 빠르게 움직이는지 잔상이 거의 모든 유저의 머리 위에 남을 정도였다.

누굴까? 사람들은 몇 초 안 되는 시간이 이렇게 길게 느껴질 수도 있다는 것을 경험했다.

"당첨! 오크 히어로의 증표! 추카드려요루렛루렛!"

"어, 나?"

구오는 당황했다. 룰렛요정이 자신의 머리 위에서 요정 가루를 마구 뿌려대고 있었다.

"오옷, 구오. 너 이제 보니 돼지였구나. 젤 좋은 걸 쏙 빼먹네."

당삼이 옆에서 살짝 질투 어린 축하의 말을 건넸다. 돼지란 좋은 아이템이 나올 때마다 룰렛에 당첨되는 축캐를 뜻한다.

"축하드려요."

"구오님, 추카추카."

“워, 추추추추추추추추.”

“추카추카.”

사방에서 쏟아지는 축하 인사에 더욱 정신이 없어지는 구오였다.

“이러려고 오크 히어로를 잡은 건 아닌데…….”

말은 그렇게 해도 입이 귀에 걸릴 정도로 올라간 구오였다. 자신이 축캐라는 자부심이 가슴 깊은 곳에서부터 분수처럼 솟아올라 왔다. 살면서 이렇게 기쁜 적이 별로 없는 것 같았다.

처음 먹어본 유니크라 평생 기억에 남을지도 모른다. 구오는 사방에 대고 고맙다고 몇 번이나 인사를 했다.

“다음에 나오면 또 잡습니다. 이 자리에서 잡을 테니 오크 히어로 나오면 이곳으로 모여주시면 감사하겠습니다.”

“오오, 계속 잡을 건가요?”

“예, 저만 먹을 수는 없으니 제가 30레벨이 되어서 여기 나갈 때까지 계속해 보겠습니다. 물론 다음번엔 저 빼고 굴리는 걸로 하겠습니다.”

“역시 님은 매너 짱이삼.”

분위기가 마구마구 고조되었다. 오크 히어로를 잡기 위해서는 구오의 몸빵이 꼭 필요하다는 것을 모든 사람들이 인정하고 있었다.

구오의 인기가 던전의 천장을 뚫고 하늘의 구름까지 닿았다.

그 뒤로도 구오는 공약을 지켜 오크 히어로가 나올 때마다 사람들을 모아 잡았다.

기본적으로 잡으라고 만든 몬스터가 아니고, 또 등장 후 사라지는 시간제한까지 있는 놈이라 실패를 하는 경우도 있었지만 그래도 거의 열 번은 잡을 수 있었다.

그러나 오크 히어로는 별다른 아이템을 떨어뜨리지 않았다. 퀘스트 아이템인 오크 국왕의 친서는 두 번 더 나왔지만 유니크 팔찌는 처음 한 번으로 땡이었다.

구오가 그곳을 떠난 후에도 유니크를 노린 50레벨 그룹이 와서 몇 번인가 잡았지만 그들 역시 팔찌를 볼 수는 없었다.

*   *   *

오크 히어로의 팔찌를 들고 바로 마을로 돌아온 구오는 얼른 감정사에게 가서 아이템 감정을 했다.

Item

오크 히어로의 증표

등급:유니크.
형태:가죽 팔찌.
제한:50레벨 이상, 전사, 순찰자.
기본 방어도:200. 기본 저항도:50.

부가 옵션:힘 20 증가. 체력 20증가. 스킬 버서커의 함성.

설명:전투 종족인 오크 중에서도 뛰어난 자는 무리를 이끄는 로드가 된다.
비록 로드는 되지 못했지만 전장에서 큰 활약을 한 오크에겐 영웅의 칭
호가 붙는데, 이때 오크 로드는 이 부족의 영웅을 형제라 부르고 자신이 가
진 팔찌 중 한쪽을 준다.
오크 로드의 팔찌를 나눠 낄 수 있는 자는 모든 오크의 존경과 선망의 대
상이다.
이 팔찌를 낀 자가 전장에서 한 번 크게 외치면 모든 오크가 호응할 것이
다.

아이템 스킬:버서커의 함성.
시전하면 본인과 주변에 있는 모든 오크가 광전사 상태에 빠진다. 광전사
상태에 빠지면 공격력이 30% 증가하지만 방어력은 30%가 감소한다. 또한
일부 스킬과 대부분의 마법을 사용할 수 없다.

"오옷, 스킬 옵션!"

유니크 아이템 중에는 추가 스킬을 사용할 수 있게 해주는
게 있다는 걸 소문으로만 들었다. 장착 스킬 수 제한이 있는
더 지존이기에 이런 스킬 옵션이 붙은 유니크는 더욱 희귀한
것으로 쳐준다.

현재 구오가 장착할 수 있는 스킬은 달랑 세 개. 배우는 건
얼마든지 마음대로 배우지만 장착은 마을 안에서 해야 하니
사냥 중에는 바꿀 수 없다. 30레벨이 되면 한 개 더 늘어서 네
개가 될 것이다.

그런데 50레벨이 되어서 이 '오크 히어로의 증표'를 끼면

추가로 스킬 하나를 더 쓸 수 있으니 얼마나 좋은가!

남들이 스킬 여섯 개 쓸 때 구오는 일곱 개를 쓸 수 있다.

"좋은데? 흐흐."

구오는 은색으로 빛나는 가죽 팔찌를 이리 보고 저리 보고, 최고급 바나나 향 왁스를 발라 싹싹 닦기까지 했다.

안타깝게도 아직 레벨이 안 되어 낄 수는 없지만 레벨 업에 전념하면 50레벨은 두 달 안에 찍을 수 있을 것이다. 쇼부네가 그랬으니까 구오도 가능하다.

구오는 오크 히어로의 증표를 종이에 잘 싸서 개인 창고의 가장 안쪽에 고이 모셔두었다.

그때 상큼청춘의 귀엣말이 날아왔다.

[구오야, 너 오크 히어로 잡았어?]

[예, 잡았는데요.]

[사진은? 사진은 찍었지?]

[허걱, 경황이 없어서 안 찍었는데요.]

[아앙, 그러면 기사를 쓸 수 없잖아! 너 말고 우리 길드원 누구누구 있는지 불러봐.]

다행히도 당삼이 시선동영상 모드를 켰다고 한다. 시선동영상은 유료서비스인데, 당삼은 자신들의 첫 공격대 행사인 만큼 기꺼이 동영상을 찍은 것이다.

상큼청춘이 비명을 지르며 이곳으로 달려온다고 난리를 쳤다. 어째 유니크를 먹은 구오보다 더 흥분한 모양이다.

다음날, 상큼청춘이 밤새 편집한 동영상과 함께 기사가 떴
다.

제목은 20레벨의 공격대.

동영상 기사에 유니크 아이템 정보도 고스란히 실려 있다.
더군다나 공격대를 지휘한 것은 이미 이름이 알려진 구오다.

당연히 조회 수가 폭등하고 얼마 지나지 않아 외국에도 번
역본이 떴다.

놀랍게도 외국 쪽에 구오의 팬이 생기기 시작한 모양이다.

댓글 내용들을 확인해 보니 100레벨을 찍으면 구오를 만나
러 반 제국으로 건너오겠다는 사람도 있었다. 참고로 국가 간
이동은 100레벨이 되어야 가능하다.

"랄랄라! 한 달도 안 돼서 특종 두 개 나갔네."

상큼청춘은 이 기사 아래에 전에 쓴 '1레벨의 반란'과 정
기 패치 공지인 '10레벨의 영웅을 위한 패치'를 함께 링크로
걸어놓았다.

상큼청춘은 아예 구오 관련 기사는 제목을 시리즈로 쓸 거
라고 웃으면서 말했다.

"그러니까 30레벨 대에도 꼭 사고 하나 쳐주라. 응?"

"노력해 볼게요."

이게 사고를 치려 한다고 해서 꼭 칠 수 있는 것도 아니다.
구오는 씁쓸한 미소를 지으며 대답했다.

"노력이라니? 만들어서라도 꼭 쳐. 안 그러면 시리즈가 안 되니까. 응? 응?"

아주 억지에 가까운 압박이다. 그래도 상큼청춘은 정말 절박한 심정인지 얼굴을 구오의 바로 앞까지 들이대고 초롱초롱한 두 눈을 깜박이지도 않고 구오의 시선과 맞췄다.

얼마나 가까운 거린지 입만 살짝 내밀면 바로 뽀뽀가 될 수준이다.

구오는 얼른 얼굴을 뒤로 빼며 말했다.

"으윽, 알았어요. 30레벨이 될 때까지 뭘 할 수 있는지 찾아볼게요."

"그래, 하겠다는 신념이 중요한 거야. 이 시리즈가 계속되면 난 월드 기자가 될지도 몰라. 그땐 정말 크게 한턱 쏠게. 오호호호호호!"

꿈을 향해 일직선으로 달려가는 상큼청춘 누님은 무섭다. 구오는 오늘 그걸 느꼈다.

*   *   *

길드 사무실로 돌아오니 쇼부가 와 있었다.

"호, 그놈 잡기 어려울 텐데 잡았어?"

쇼부는 놀랍다는 표정을 지으며 구오에게 물었다.

"어찌 저찌 되더라고요."

"헐, 오크 히어로가 어찌 저찌 수준은 아니지. 우리도 겨우 잡았거든."

"어, 쇼부 형네도 잡아봤어요?"

"응, 우리가 50레벨 찍은 기념으로 한번 기다렸다가 해봤는데, 빠따가 세더라. 그땐 레어도 하나 안 나와서 그냥 별거 아닌 줄 알았는데 말이야."

누군 하루 종일 대기해서 잡아도 하급 마법 템 하나 나오고, 누군 얼떨결에 잡았는데 유니크네.

"샛뿍은 타고나는 건가."

쇼부는 고개를 살짝 저으며 거의 들리지 않는 소리로 이렇게 중얼거렸다.

쇼부네 파티는 결정적으로 아이템 운이 안 좋다. 어느 정도냐 하면 파티원 전원이 한 달간 합숙으로 아이템 파밍을 하다가 결국 안 나와서 가방에 쌓인 잡템을 팔아 아이템을 살 정도라 했다.

이건 상큼청춘이 살짝 퍼뜨린 소문이다. 구오는 그저 그러려니 했다.

"그건 그렇고, 그놈 평타는 몰라도 필살기 맞으면 바로 죽지 않아? 20레벨 대에 아무리 피가 많아도 못 버틸 텐데."

"피했어요. 못 피하는 건 클린치로 버텼더니 딱 살대요."

"음, 클린치 성공하면 상대 공격력이 감소되니 그럴 수도 있겠군. 근데 그걸 피했다고?"

구오가 하도 태연하게 대답하자 잠시 뒤쪽 말에 신경이 집중되었지만 다시 생각하니 이건 아니다.

쇼부는 믿기 어렵다는 표정으로 되물었다.

"예."

"동영상 찍었다고 했지?"

"당삼 형이 찍었대요."

"일단 그거 좀 보자."

쇼부는 바로 당삼이 가져온 공략동영상을 보았다. 쇼부의 파티원들도 모두 모였다.

동영상이 끝난 후, 쇼부는 갑자기 손바닥으로 구오의 등을 짝 하고 때리며 외쳤다.

"야, 너 무술이 게임에 크게 도움이 안 된다면서? 되잖아! 저건 사기라고!"

"아니, 뭐, 하다 보니 그렇게 된 건데……."

뭐라고 대답을 할 것인가. 구오는 손을 뒤로 돌려 등을 문지르며 어물어물 대답했다.

쇼부는 잠시 구오를 보면서 생각했다.

처음 그가 상큼청춘으로부터 구오에 대한 이야기를 들었을 때, 쇼부는 구오에 대해 그다지 큰 기대를 하지 않았다.

그럼에도 불구하고 구오를 중심으로 길드를 만드는 일에 가담한 것은 두 가지 이유가 있었기 때문이다.

첫 번째는 소수 정예를 지향하는 쇼부네 그룹이 결국 프로게이머로서 승격을 하지 못하고 한계를 드러냈기 때문이다. 실력만으로는 어디에 내놔도 꿀리지 않는다고 스스로 자부하던 그들이지만, 결국 전국구로 올라가지는 못했다.

두 번째는 구오가 저 레벨임에도 유명해졌기 때문이다.

원래 이런 이벤트성 유명세는 사실 반짝이는 유성과도 같다. 한순간은 강렬하게 사람들의 눈길을 끌지만 곧 반짝임은 사라지고 적막만이 남는다. 유명세를 유지할 만한 실력이 없는 자는 결코 오래갈 수 없다. 적어도 쇼부는 그렇게 믿고 있었다.

하지만 한순간이라도 전국적으로 유명해진 사람 주변에 쇼부 일행이 붙어서 유명세를 조금이라도 더 유지하도록 노력을 하면 어떨까? 그럼으로써 쇼부 일행도 자신들이 전국구로 성장할 수 있는 발판을 얻거나 하다못해 새로운 길을 찾게 되지 않을까?

그것이 바로 쇼부가 일행과 상의 끝에 얻은 결론이었다.

그런데 지금에 와서 보니 구오는 한때의 운만 있는 애송이가 아니다. 적어도 현실에서는 믿기 어려울 정도의 실력을 지닌 고수다. 그리고 그걸 게임에 적용시켜 써먹고 있다.

어쩌면 이놈은 정말로 될지 모른다.

쇼부는 문득 그런 생각을 했다. 동시에 평소에도 진지한 쇼부의 표정이 더욱더 진지해졌다.

"내년 초에 있는 무투대회에 나가라. 우승을 해주면 더 좋고. 현실 부분에선 가능하겠지?"

"예?"

뜬금없는 소리에 구오는 잠시 이해를 하지 못했다.

"게임 시간으로 일 년에 한 번 있는 무투대회 말이야. 여기서 이기면 확실하게 인지도가 올라가."

"아하, 예."

구오가 이해했다는 듯 고개를 끄덕이자 쇼부는 살짝 열띤 표정으로 설명을 계속했다.

"목표는 삼관의 제왕이라고, 무투대회에 나가서 세 종목을 모두 우승해라. 그러면 넌 한 방에 뜨는 거야."

"우, 그게 마음대로 되나요. 현실 모드면 몰라도 나머지 두 개는 자신없거든요."

"연습하면 될 것 같다."

"일단 생각을 좀 해볼게요. 나가면 꼭 우승하고 싶기 때문에 필승의 확신이 필요해요."

필승이란 말에 쇼부는 흥분을 가라앉혔다. 방금 동영상을 보고 구오가 절대무적인 것처럼 느껴졌지만 세상 일이 그렇게 기분대로 되지는 않을 터이다.

물론 구오의 말대로 우승을 못한다고 해서 의미가 없는 것은 아니다. 당장 4강에만 들어도 명성에 도움이 된다. 하지만 가능성이 보인다고 해서 마구 밀어붙이는 것은 쇼부의 스타일이 아니니 앞뒤를 잘 따져 보아야 할 것이다.

“음, 하기야 갑자기 나가서 우승을 한다는 보장은 없지.”

쇼부가 약간 냉정을 되찾은 듯하자 구오는 다시 말했다.

“쇼부 형, 사실 저는 무투대회 같은 시합은 별로 좋아하지 않거든요. 제가 무술을 배운 곳에서도 그걸 권장하지 않아서요. 기왕 하려면 실전으로 하라고 배웠거든요.”

구오는 잠시 말을 멈추고 입을 다물었다.

“하지만 역시 나가야겠죠?”

사람이 살다 보면 하기 싫은 일도 해야 할 때가 있다. 하지만 그럴 땐 정말 마음이 괴로워진다. 지금 구오의 심정이 그랬다.

쇼부는 그런 구오의 눈을 보고는 피식 웃었다.

“아니, 그게 가장 쉬운 길이지만 네가 싫다면 다른 길도 있어. 네 말대로 경기가 아닌 실전으로 말이야.”

“무슨 방법인데요?”

구오의 눈이 빛났다. 경기가 아닌 실전이라면 얼마든지 할 마음이 있었다.

쇼부는 입가에 미소를 지으며 말했다.

“아까와는 정반대 얘기가 되는 건데, 절대로 시합에 나가지 않는 거야. 그러면서 시합에서 우승한 사람을 개인적인 결투로 이기는 거지. 무관의 제왕이랄까?”

“오호, 그러니까 시합엔 안 나가도 실질적인 최고수로 이름을 올리잔 거죠?”

“그래. 단지, 이건 정말로 한 번도 지면 안 돼. 넌 꼭 우승을 해야 된다고 생각하는 모양이지만 사실 시합에 나가면 4강에 만 들어도 나름 유명해질 수 있고, 또 일단 우승하면 다음엔 우승 못해도 크게 문제는 안 되지. 하지만 무관의 제왕이란 건 한 번이라도 지면 그 순간 끝이야. 신비주의적인 카리스마 가 싹 날아가 버리고 금세 사람들의 뇌리에서 사라지게 되는 거지.”

“흐, 그거 재미있네요.”

“해볼 생각이군. 그럼 그렇게 하자.”

쇼부는 구오가 할 마음이 있다는 것을 알고 웃었다.

“일단 무관의 제왕 계획으로 가다가 혹시라도 지게 되면 그냥 정식으로 대회에 나가면 되니까 크게 부담 갖지는 말 고.”

“예, 그래도 가능하면 안 질게요.”

앞으로의 계획이 한 가지 세워지자 쇼부는 구오에게 다시 물었다.

“50레벨이 되면 무도가로 승급할 건가?”

“기사로 가려고요.”

“호, 기사는 중갑옷을 입어야 하기 때문에 아무래도 몸놀 림에 제약이 많아. 그건 알고 있겠지?”

구오는 그렇게까지 건장한 체격은 아니다. 호리호리한 몸 매를 지니고 있어 기사에 어울린다고 보기는 어렵다.

기사는 주로 체구가 크고 보디빌딩에 능한 사람이 선호한다. 아니면 반대로 현실에서 체력이 약한 사람이 한다.

더 지존에서는 체력이 약해도 무게에 대한 피로감은 느끼지 않기 때문에 상대적으로 만족을 느끼는 모양이다.

쇼부의 의외라는 시선에 구오는 살짝 웃으며 설명했다.

"제가 수련한 과정 중에 목인공이란 게 있어요. 간단하게 말해서 전신에 나무껍질을 다닥다닥 붙이고 싸우는 건데요, 이게 무겁고 움직일 때 무지하게 거추장스럽거든요."

"그런 수련법도 있어?"

"움직임이 적을수록 무서운 법이니까요. 아무튼 전 중갑옷을 입든 안 입든 별 차이가 없어요. 그런데 게임에선 중갑옷을 입는 쪽이 방어력 면에서 확실히 도움이 되잖아요."

"그건 그렇지. 정말 중갑을 입고도 무술 실력을 발휘할 수 있으면 상당한 이익인데 말이야. 그걸 하면 아까 동영상처럼 움직일 수 있는 거란 말이지. 그 목인공 수련, 나도 좀 해보면 안 될까?"

"하는 건 상관없지만 죽을 수도 있어요. 그러니까 그때 겨뤄본 형 실력으로 볼 때 죽을 가능성이 좀 더 높아 보여요."

구오는 살짝 부드럽게 말했다. 솔직한 심정으로 말하자면 '형은 두 시간이면 죽어요' 다.

"윽, 단순히 나무껍질 붙이고 하는 수련이 아닌가 보군."

"그런 거지요."

구오는 웃었다.

그가 사부 밑에서 수련하면서 가장 힘들었던 부분이 심안 공과 목인공이었는데, 심안공은 감각을 제어한 채 싸우는 거고, 목인공은 움직임을 제어한다.

문제는 이게 죽음을 초월해 새로운 경지에 도달한다는 기본 원리에 충실한 수련법이라는 데에 있다.

팔다리의 움직임만 제어되는 게 아니라, 심장 박동이나 폐의 움직임에도 압박을 준다. 신체 능력이 안 되는 사람은 얼마 못 버티고 심장마비, 혹은 질식해서 죽게 된다.

사부의 설명에 의하면 이걸 수련할 정도의 재능이 있는 사람은 대한민국을 통틀어도 서너 명뿐이라고 했다.

"알았다. 그럼 일단 기사용 아이템을 좀 준비해 놔야겠구나."

"예? 벌써 준비해요?"

"좋은 아이템은 아무 때나 나오는 게 아니니까 지금부터 구해놔야 해. 그래야 뽀대 나게 한 세트를 맞춰서 입고 다니지."

"꼭 세트로 입어야 해요? 어차피 레벨 업 중이니까 적당히 입어도 큰 상관은 없을 것 같은데요."

"아니. 나나 다른 사람은 그래도 되지만 넌 무조건 세트를 맞춰야 돼. 50렙뿐 아니라 100렙 때에도 올 세트로 맞출 수 있으면 그렇게 해야 하고."

쇼부의 눈이 엄격하게 변했다. 이 사람은 게임에 대한 이야기를 하다 보면 이렇게 진지해진다.

구오는 아직 게임엔 초보나 다름없기 때문에 이럴 땐 조용히 무릎에 손을 얹고 쇼부 선생님의 말을 경청해야 한다.

"잊지 마. 넌 길마야. 조직의 짱이라는 직위는 실력이나 효율보다는 카리스마와 뽀대가 우선 돼. 안 그랬으면 내가 짱하지 왜 네가 하겠니?"

"뽀대군요."

"그래. 단순하게 효율만을 생각하면 세트보다는 각 파트마다 더 좋은 걸로 짜 맞추는 게 낫지. 세트는 수집가들 때문에 가격대 성능비가 안 좋으니까. 하지만 짱이 멋진 걸 입고 돌아다니면 그 조직의 격이 올라가. 그러면 저절로 사람이 모여. 이해했어?"

"옙. 전 럭셔리하게 살아야 할 사명이 있다는 걸 깨달았습니다."

게 껍데기를 입고 다니던 구오에게 이제는 세트를 전신에 바르라고 한다. 물론 게 껍데기도 세트라면 세트다. 그러나 쇼부가 말하는 세트는 기본이 레어다.

구오는 기꺼이 그 충고에 따르기로 결심했다. 본능적으로 이 충고가 자신에게 유리하다는 것을 깨달았다. 웃음이 절로 나왔다.

"좋아, 그럼 넌 하루라도 빨리 50레벨을 찍어. 그리고 네가 일전에 물어본 거 말이다."

"예? 제가 뭘 물어봤는데요?"

"현실 모드로 싸워서 이기면 가입할 만한 고수들 말이야."

"아!"

반쯤 농담 삼아 한 소리라 구오도 잊고 있었는데 쇼부는 그걸 진지하게 받아들였나 보다.

"찾아보니 쓸 만한 사람이 열 명 정도 있더라. 이길 수 있지?"

"뭐, 이겨야 한다면 이겨야죠."

이거야말로 구오의 전문 분야가 아닌가! 열 명이라도 쇼부가 알아본 사람이라면 알짜배기일 터. 모처럼 길드를 위해 할 일이 생긴 셈이다.

"알았어요. 그럼 당장 가요. 오늘 내로 끝내죠."

"아니, 아니. 그렇게 휙 하고 끝내는 게 아니라, 삼 일에 한 명씩만 처리해. 그래야 우리도 그사이 바람을 좀 잡지."

바람을 잡는다는 것은 선전을 해서 분위기를 띄우겠다는 소리다.

확실히 쇼부란 사람은 일을 꾸미는 데에 재능이 있는 듯하다. 구오는 기꺼이 쇼부의 계획대로 움직이는 연기자가 되기로 했다.

"참, 그리고 기사가 되겠다면 마침 잘됐다. 또 한 가지 추천할 일이 있어."

"그게 뭔데요?"

"승마."

"승마요? 말 타는 거 말이죠?"

"그렇지. 생각해 봐라. 그냥 땅에 서서 검을 치켜들고 있는 거랑 전투마에 타고 함성을 지르는 것, 어느 게 더 눈에 띄겠냐?"

"오호, 역시 모든 것은 뽀대군요."

"짱의 숙명이라니까. 내 일찍이 짱 한번 해보겠다고 안 되는 카리스마 짜내려는 연구를 무지하게 했다. 하지만 승마가 쉽지만은 않아. 따로 전사학교 가서 연습을 해야 한다. 알지?"

"바쁘네요. 렙 업 하랴, 승마 연습하랴."

"바빠야지, 과거 가상공간 게임이 처음 나와서 비씨피 규정이 아직 채택되지 않았을 때 말이야, 그때는 게임하다 과로로 죽는 사람이 많았는데 가장 많이 죽는 케이스가 바로 길드 만들어 돌리다가 과로사하는 거였다더라."

"흐미, 사람도 죽었어요?"

"하루 종일 가상공간에 접속하면 죽지. 길드 마스터를 하면 수시로 길드원이 번갈아 접속을 하니까 이 사람 저 사람 챙겨주다 보면 결국 접속 종료할 타이밍을 잃게 되거든. 그러면 무리해서 과로사하게 된다는 거야."

"음, 그건 저도 조심해야겠군요."

"넌 괜찮아. 일단 비씨피 수치도 적용되고, 또 내가 최대한 안정적인 길드 시스템을 만들 테니까."

"하하하, 역시 형은 고수예요."

"단지 고수일 뿐이지. 지존은 하나지만 고수는 많아. 그리고 시스템을 만들 수는 있지만 그걸 실제로 운용하는 것도 다르지. 나보다 당삼 형 같은 사람이 오히려 더 길드를 잘 돌릴걸?"

쇼부의 말에 의하면 조직엔 세 부류의 사람이 필요하다고 했다.

카리스마 짱.

제대로 된 조직 시스템을 만들고 관리하는 시스템 엔지니어.

시스템에 따라 사람들을 모으고 같이 호흡하며 성장하는 내정책임자.

그러니까 구오는 짱의 역할이고, 쇼부는 시스템 엔지니어다. 당삼을 비롯해 상큼청춘 같은 사람들은 말하자면 내정책임자인데, 이런 사람이 많아야 길드원들의 유대감이 끈끈해지고 트러블이 생겼을 때 큰 흔들림 없이 서로 양보하고 협동하게 된다고 한다.

"자, 이제 네 역할에 대해 확실하게 설명해 줬으니 알아서 해봐. 명심해. 짱은 아무나 하는 게 아니야. 내가 보기에 넌 짱의 자격이 있으니 잘해보라고. 하고 싶어도 못하는 사람들에게 미안하지 않게."

"하하하, 그렇게 부담 주셔도 전 그냥 제가 하고자 하는 걸
할 뿐이에요."

"쩝, 그게 바로 카리스마인 거지. 나쁘게 말하면 이기주의
적인 왕싸가지겠지만."

쇼부는 구오의 말에 고개를 저으며 중얼거렸다. 완벽주의
자인 쇼부였지만 구오와 같은 사람이 오히려 부럽게 느껴질
때가 많았다.

"그럼 전 일단 승마나 배우러 가볼게요."

말이 나왔으니 일단 실천을 한다. 구오는 그 길로 쇼부와
헤어져 전사학교로 갔다.

CHAPTER 03
새로운 육체

WAR
LORD 워로드구오

　시간이 후딱후딱 지나갔다. 무는 그동안 하루도 빠짐없이 준호와 놀았다. 또 준호가 잠들면 세상을 알기 위한 공부를 계속했다.

　그러면서 무는 점점 성장해 갔다. 우선 무의 물리적인 영향력이 하루가 다르게 강해졌다.

　역시 즐기다 보면 무엇보다 빠르게 느는 법이다.

　손가락으로 컴퓨터의 키보드를 두드리는 걸 계속하다 보니 점점 능숙해지고 또 빨라져 이제는 크게 집중하지 않아도 열 손가락으로 타타타탁 소리가 나게끔 키보드를 다루게 되었다. 분당 5백 타의 고지가 보였다.

그러나 역시 마우스를 쓰지 못하니 컴퓨터의 조작이 느렸다.

보다 못한 준호는 전자상가로 가서 가장 작은 마우스를 하나 사가지고 왔다.

상품명 무당벌레 넘버 3인 이 마우스는 유아용으로 모양도 무당벌레처럼 생겨 상당히 귀여웠다. 무엇보다 무게가 가벼워 조작하기에 편했다.

"이거 한번 써봐."

준호가 무당벌레 넘버 3를 내밀자 무는 처음에는 그게 뭔지 몰라 눈만 깜박였다. 그러나 준호가 컴퓨터에 그걸 연결해주자 그제야 마우스란 걸 알고 크게 기뻐하며 준호의 품에 와락 안겨들었다.

"오라버니, 정말 고마워요."

슈욱!

"고마운 건 좋은데, 내 몸을 통과하는 건 그만둬 줄래? 갑자기 전신이 으스스 떨린다."

"아, 죄송해요."

무는 자신이 준호에게 안길 수 없는 몸이란 걸 깨닫고 부끄러움에 고개를 숙였다. 그러다가 다시 무당벌레 넘버 3에 생각이 미쳐 얼른 컴퓨터 앞으로 가 조심스레 손가락으로 무당벌레를 밀어보았다.

슥.

"꺄아! 밀렸어요. 보셨죠? 저, 마우스 움직일 수 있어요."

드디어 마우스를 쓸 수 있게 되었다! 이건 정말 무가 유령이 된 이후 가장 기쁜 사건 중 하나라 할 수 있다.

준호도 미소를 지으며 말했다.

"잘하네. 계속 연습해 봐."

"그럼요. 두고 보세요. 금방이에요."

무는 아예 모니터가 아닌 무당벌레에 시선을 고정시킨 채 엄지와 새끼손가락으로 움직이는 훈련을 시작했다.

"아, 또!"

움직일 수는 있지만 몇 초 지나기 전에 손가락이 힘을 잃고 마우스를 통과해 버린다. 이게 문제다. 순간 집중이 아닌 지속 집중, 힘을 유지하는 게 무엇보다 힘들다.

무는 생각처럼 잘 안 되는 듯 자꾸 안타까운 감정이 담긴 탄성을 질렀다.

준호는 그저 미소 띤 얼굴로 무를 지켜봐 줄 뿐이다.

끊임없는 연습처럼 무서운 게 없다. 인터넷 서핑처럼 중독성이 심한 놀이도 많지 않다.

며칠이 지나자 무는 무당벌레를 손으로 쥐고 마음대로 다룰 수 있게 되었다.

아직 들어 올리는 건 힘들지만 기본 조작이 가능하니 이제 컴퓨터를 다루는 데에는 준호와 큰 차이가 없어진 것이다.

영어도 잘하진 못해도 준호보다는 나은 수준이다.

이건 무가 잘한다기보다는 준호가 영포이기 때문이다. 영포가 뭐냐고? 묻지 마라. 괴롭다.

이대로 가면 무가 준호를 가르쳐야 할지도 모른다.

＊　　　＊　　　＊

어느 날, 구오가 일어나 씻으러 나가는데 한쪽에 있는 방에서 무의 목소리가 들려왔다.

"오라버니, 준호 오라버니."

"헉! 너 아직 안 들어갔어?"

준호가 놀라 창문 쪽을 보니 이미 태양이 떠 있다. 무가 사라졌어도 벌써 사라졌을 시간이다.

준호는 무의 목소리가 들린 문을 열려고 했다. 그러자 무가 다급하게 외쳤다.

"문을 열면 안 돼요!"

"응?"

"놀라지 마세요. 제가 요즘 기운이 좀 세져서 이제는 태양빛만 직접 안 받으면 사라지지 않거든요."

"오, 정말? 그럼 그림자 속으로는 다닐 수 있는 거야?"

"아뇨. 그게 아니라요, 햇빛이 아예 안 들어와야 해요. 여기 창문도 없으니 문만 꼭 닫으면 괜찮더라고요."

"오호, 그래서 수납장 속에 들어가 있었던 거구나?"

"예, 좀 좁긴 하지만 그래도 계속 있을 수 있으니 좋네요."

"하하하, 그럼 그 안에 컴퓨터를 옮겨놔 줄까?"

"아뇨. 그럼 밤에 오라버니와 같이 있을 수 없잖아요. 그냥 책이나 넣어주세요."

"음, 그럴 게 아니라 컴퓨터 한 대 더 사자. 아니, 두 대를 사는 게 좋겠다. 밤에 너 할 때 나도 좀 쓰고 그러게."

"아, 정말요?"

"이래 봬도 이 오라버니가 좀 부자야. 컴퓨터 두 대 정도는 껌이지."

사실 준호는 부자다. 그리고 요즘 컴퓨터 값은 정말 장난감보다 싸다. 심지어 좀 찾아보면 공짜로 얻기도 한다.

지금 쓰는 컴퓨터도 학교에서 구호물자로 내준 것이라 조금 구형이니 이번 기회에 최고급 사양으로 두 대 구입하기로 했다.

"하지만 그 수납장에 있는 건 그만두는 게 좋겠다. 내 저쪽에 있는 방 하나를 개조해서 창문을 다 막아놓을 테니 낮에는 거기 있어."

"예."

무는 마냥 좋았다. 준호가 자신에게 마음을 써줄 때마다 몸이 부르르 떨릴 정도로 고마움을 느꼈다.

어쨌든 그렇게 해서 무의 방이 생겼다.

놀랍게도 무는 아예 하루 종일 사라지지 않고 낮에는 그녀의 방에서, 밤에는 준호의 방에서 지냈다.

유령은 잠도 없었다. 피곤함을 느끼지도 않았다.

"흐, 알고 보니 유령은 무서운 거였구나."

준호는 새삼 감탄했다.

"보통 사람은 보기만 해도 무서워하거든요."

무는 웃으며 대답했다.

*　　　*　　　*

"아, 요즘 왜 이렇게 컨디션이 안 좋지? 더워서 그런가?"

준호는 열심히 윗몸일으키기를 하며 중얼거렸다.

일본의 더위는 살인적이다. 이제 6월인데 온도가 40도에 가까워지고 있다. 작년 가을에 유학을 온 준호는 아직 일본의 여름을 한 번도 경험하지 못했다.

그래도 워낙에 체력에 자신이 있기에 별로 걱정하지 않았는데 막상 더워지니 하루가 갈수록 점점 힘이 빠지는 듯한 느낌이 들었다.

"무야, 너도 더위를 느끼니?"

"아뇨. 전 온도에 관계없이 태양빛만 느껴요."

무는 시선을 모니터에 고정한 채 대답했다. 준호가 아프다고 하니 그녀도 별로 기분이 좋지 않은 듯했다.

"쩝, 유령은 좋겠다. 정말 무적이네."

빠르게 윗몸일으키기 500번을 끝낸 준호는 일어나서 거울을 보았다. 볼에 살이 빠진 게 느껴졌다.

"혹시 내가 병에 걸린 건가?"

철들고 나서 감기 한 번 걸려본 적 없는 준호다.

그가 아파서 드러누운 경우는 딱 한 번. 사부에게 두들겨 맞아서인데, 그것도 대부분 기절에서 깨어나는 순간 다시 일어나 수련을 계속하곤 했다.

그런데 지금 준호는 딱 드러누워 앓고 싶은 충동을 느꼈다. 병원이라는 곳엘 가봐야 하는가?

"거긴 가면 죽는 곳이라고 사부가 그랬는데. 하하하!"

지금은 그게 농담인 줄 알지만 어렸을 때에는 정말 병원에 가는 사람은 다 죽는 줄 알았다.

준호는 옛날 생각이 나서 웃음을 터뜨렸다.

그런데 그 순간 웃는 준호와는 반대로 무가 고개를 떨어뜨린 채 눈물을 흘리기 시작했다.

"저 때문이에요."

"잉? 넌 또 갑자기 왜 우니?"

준호는 분위기가 갑자기 변하자 당황하다 못해 황당한 느낌을 받았다. 그래도 무가 우니 일단 열심히 달랬다.

"괜찮아. 나한테 잘못한 거 있어도 다 용서해 줄 테니까 일단 울음부터 그쳐. 아, 괜찮다니까. 그렇게 갑자기 말도 안 하고 울면 내가 잘못한 것 같잖아."

달래다 보니 은근히 성질이 난다. 그래도 계속 우는 무에게 화를 낼 수는 없다. 준호는 이러지도 저러지도 못하는 심정이 되었다.

그때 겨우 울음을 그친 무가 여전히 훌쩍이며 겨우 말을 하기 시작했다.

"준호 오라버니, 정말 죄송해요. 흐흑! 제, 제가 있어서 오라버니가 약해지신 거예요."

"잉? 그게 무슨 소리야?"

"저는, 흑, 유령이잖아요. 원래 유령이 곁에 있으면 사람은 점점 약해지거든요. 오라버니가 워낙 건강해서 그동안 버틴 거지 보통 사람은 일주일이면 피골이 상접할 거예요."

"허걱! 그, 그런 거였어?"

"예, 그리고 제가 그동안 계속해서 힘이 세져서 이제는 오라버니도 버티기 힘들 거예요. 그걸 알면서도 오라버니하고 있는 게 너무 좋아서 그동안 말을 못했어요. 엉엉엉! 정말 죄송해요."

무는 말이 끝나자마자 아예 큰 소리로 울기 시작했다. 설명을 하다 보니 자기 신세가 서럽게 느껴졌다.

내가 유령이 되고 싶어서 된 게 아닌데, 나한테 잘해준 오라버니한테 폐를 끼칠 마음은 없었는데, 상념이 폭포처럼 쏟아져 더 이상 견딜 수가 없었다.

"쩝."

준호는 뭐라고 말을 해야 할지 생각이 나지 않았다.

가장 큰 문제는 그래도 무와 같이 있자고 말을 해줄 수 없다는 데에 있다.

무와 같이 있으면 생기를 계속 빨려 결국엔 죽게 된다. 우선 이렇게 체력이 떨어지면 비씨피 수치가 불안정해져서 가상공간에 접속하기도 힘들어질 것이다.

"하아."

마음이 괴롭다. 그동안 정이 들 만큼 들어서 어떻게 말을 할 수도 없다.

어떻게 해야 하나? 아무런 생각도 나지 않았다.

같이 있고 싶다. 그런데 같이 있을 수 없다. 사람과 유령, 동거가 불가능한 종족의 차이인가?

수많은 상념이 머릿속에서 부딪치니 가슴이 답답해져 끊임없이 한숨만 나왔다.

그때, 가까스로 울음을 그친 무가 억지로 미소를 지으며 말했다.

"전 괜찮아요, 준호 오라버니. 오라버니와 만나기 전에는 항상 심심하고 할 게 아무것도 없었는데, 이제는 재미있는 것도 많거든요. 이제부터 저는 제 방에서 지낼게요."

"그건……."

"또 제 방에 컴퓨터도 있어서 인터넷으로 얼마든지 오라버니와 대화를 할 수 있잖아요. 그러니까 이제부터는 채팅으로 놀아요. 호호호.”

웃기는 웃는데 눈가에 찬 습기가 사라지지 않는다. 애처로움이 준호의 가슴을 송곳처럼 찔러 찌르르한 전기 충격을 주었다.

“그래, 채팅으로…….”

준호는 무가 말한 것을 다시 자기 입으로 말하며 스스로를 납득시키려 했다. 무는 그 말을 들으며 다시 고개를 끄덕였다.

이제는 완전히 울음을 그치고 입가에 잔잔한 미소를 지은 채였다. 그 표정이 상당히 어른스러워 마치 누님과 같은 느낌이 들 정도다.

그런데 준호는 그런 무의 표정이 마음에 들지 않았다. 슬픔을 감추고 남을 위해 미소와 함께 스스로를 방 안에 가두려는 무, 그걸 묵인하고 따르려는 자신.

원래는 준호가 무를 위로해야 하는데, 어째 무가 그를 위로해 주는 듯한 느낌이었다.

준호는 갑자기 답답함을 참을 수가 없어 크게 외쳤다.

“이익! 그래도 가끔씩은 나와서 놀아도 되는 거잖아! 그렇지? 내가 체력만 좀 회복되면 같이 놀면 되는 거야! 안 그래?”

“오라버니.”

“생기 좀 빨리면 어때. 죽지만 않으면 되는 거야. 스스로를 가둘 필요는 없어. 나오고 싶으면 나오고, 나랑 놀고 싶으면 놀아."

"오라버니!"

무의 눈에 다시 눈물이 고였다. 이번에는 슬픔이 아닌 기쁨과 감동의 눈물이었다.

마음 같아서는 준호를 와락 끌어안고 울고 싶었지만 유령의 몸이라 참았다. 더군다나 지금은 준호와 접촉해서는 안 되는 상황이다.

대신 무는 준호에게 절을 하며 말했다.

"고마워요. 준호 오라버니께서 저에게 이렇게 잘해주시는데 전 오라버니에게 보답할 방법이 없네요."

"얘가 갑자기 왜 무게를 잡고 그러나. 그냥 일어나라."

분위기 깨는 데에는 일가견이 있는 준호다. 무는 피식 웃으며 다시 애교 어린 미소를 지으며 일어났다.

준호는 살짝 목소리를 죽여서 덧붙였다.

"단, 자주는 말고 가끔씩 나와. 나도 살아야지."

"헤헤헤헤, 네. 평소에는 채팅만 하고 정 나오고 싶을 때에만 나올게요."

생기가 빨린다는 데에도 나오라는 걸 보니 나는 유령한테 홀린 게 틀림없어.

준호는 속으로 그렇게 생각하며 고개를 절레절레 저었다. 그래도 무가 좋아하는 모습을 보니 그 역시 기분이 좋았다.

'그래, 여자 애랑 정기적으로 채팅을 하며 노는 것도 좋지.

암. 그게 유령이든 사람이든 말이야.'

새로운 놀이 환경이 싫지도 않았다. 준호 역시 미소를 지었다.

그러다가 문득 다른 생각이 떠올랐다.

"그런데 말이야, 같이 채팅을 하는 것보다 게임을 하는 게 어때?"

"예? 게임요?"

"응, 가상공간 게임 말고 옛날 게임 중에 그냥 화면만 보면서 할 수 있는 게 좀 있을 거야. 그걸 찾아서 같이 놀면 재미있지 않을까?"

"정말요? 전 좋아요."

무는 거의 팔짝팔짝 뛰며 말했다.

그동안 준호가 하는 가상공간 게임의 정보를 찾아보며 한 번쯤 해보고 싶다고 생각은 많이 했지만 유령의 몸이라 포기하고 있었던 참이다.

그런데 자판과 마우스로 게임을 할 수 있다니! 그것도 준호랑 같이 한다면 정말 즐거울 것이다.

그런데 준호는 말을 하다 보니 다시 다른 생각이 들었다.

"그런데 말이야, 너 혹시 가상공간 접속은 안 될까?"

"예? 가상공간 접속이요?"

"응, 자판도 두드리고 마우스도 다루는데 접속기에 접속을 못하리란 법은 없잖아."

"우웅, 글쎄요. 그건 한 번도 생각을 해보지 않았어요."

"일단 한번 해보자."

준호는 자신의 접속기인 오메가 다이버 세븐을 작동시켰다.

"일단 들어가서 여기에 머리를 넣고, 그래. 느낌이 와?"

기계의 상태창을 보니 아직 접속 시도를 나타내는 녹색 불이 켜지지 않고 있었다.

무는 준호가 시킨 대로 자세를 잡고 의식을 집중했다. 그동안 준호가 접속을 하는 것을 많이 보아서 그런지 별다른 위화감은 없었다. 이게 어떻게 작동하는지도 알고 있다.

문제는 실체가 없는 유령한테 기계가 작동할 수 있다는 건가 하는 점이다.

"잘 안 돼?"

준호가 물었다. 무는 여전히 머리 위쪽을 접속 헤드라인에 맞춘 채 말했다.

"모르겠어요. 이건 힘을 줘서 무엇을 움직이는 게 아니니까요. 어떻게 해야 하지요?"

"그건 나도 모르지. 단지 이게 뇌파를 탐지해서 작동하는 거거든. 그러니까 물리력을 쓰듯 뇌파를 표현할 수 있다면 접속이 되지 않을까?"

무는 잠시 입을 다물고 그 자세로 있다가 결국 그냥 몸을 일으켰다.

"정말 어떻게 해야 할지 모르겠어요."

"역시 안 되나."

"그건 모르죠. 한번 궁리를 해봐야겠어요."

"잘하면 될 것 같아?"

"예."

사실은 어떻게 접속해야 할지 감도 잡히지 않는다. 그러나 무는 강한 열망을 실어 대답했다.

접속을 할 수만 있다면……. 생각만 해도 신이 난다.

"흐흐, 그럼 한번 해봐. 내가 헤드셋을 하나 사다가 네 방에 설치해 줄 테니까 시간 나는 대로 연습을 해보라고. 안 되면 어쩔 수 없지만 되면 대박이잖아?"

"그렇죠. 호호호호!"

그걸로 결정이 났다. 말이 나온 김에 준호는 즉시 헤드셋을 하나 주문했고, 무는 자신의 방에서 생활할 준비를 했다.

그 후부터 둘은 직접 만날 수는 없었지만 준호는 처음 무와 약속한 대로 같이 놀아주는 시간 동안은 무와 채팅을 하거나 고전 게임을 즐겼다.

가끔씩은 무가 방에서 나와 준호를 직접 보기도 했는데, 이렇게 되니 항상 같이 있을 때보다는 생명력의 소모가 훨씬 덜했기에 준호는 금세 몸이 다시 건강해졌다.

나름 둘의 생활도 자리가 잡혀 기묘한 동거 생활은 계속되었다.

                    *   *   *

　무는 자신의 방에서 틈만 나면 접속 시도를 했다. 그러나 물리력을 행사하는 것과는 달리 접속이란 행위는 그녀로서는 전혀 이해를 할 수 없는 성질의 것이었다.

　단지 헤드셋에 머리를 맞추고 가만히 있을 뿐, 그다음에는 어떻게 해야 할지 판단이 서지 않았다.

　전신에 힘을 주기도 하고 정신을 집중하여 머리로 물리력을 행사하려고도 해봤지만 기계는 전혀 반응을 하지 않았다.

　오히려 머리로 물리력을 행사하는 것이 가능해져 이제는 박치기도 할 수 있지 않을까 하는 생각마저 들었다.

　"이대로는 안 돼. 우선 제대로 된 수련법부터 찾아야지."

　무는 인터넷을 뒤져 가상공간에 대한 정보를 찾았다. 또한 헤드셋의 접속 원리에 대해서도 찾으려 했다.

　그러나 가상공간 이론은 몰라도 접속 원리 같은 전문 지식은 거의 나와 있지 않았다. 있다고 해도 대학의 연구실 테마도 핵심 부분은 공개하지 않고 있었다.

　"어떡하지?"

　인간이라면, 살아만 있다면 그냥 헤드셋을 끼고 누운 채 스위치를 누르기만 하면 될 텐데.

　유령이라는 것이 또다시 서글퍼졌다.

　"아, 헤드셋을 낀다!"

역시 생각하다 보면 건지는 게 있다. 헤드셋을 낀다는 행위
는 모자를 쓰거나 옷을 입는 것과 같다. 그런데 지금 무는 그
걸 못한다.

지금까지는 헤드셋에 머리를 갖다 대는 거였다. 나올 때에
는 헤드셋을 벗는 게 아니라 그냥 슉 하고 통과해 버리면 되
는 것이다.

"맞아, 일단 써야 돼. 그게 순서야."

목표를 찾은 무는 그날로 준호의 야구 모자 하나를 얻어와
쓰는 훈련을 했다.

내친김에 옷도 좀 입어보고 싶은데, 준호에게 여자 옷을 사
다 달라고 하기가 좀 그래서 참았다. 무엇보다 무의 몸 사이
즈를 준호는 모른다.

야구 모자는 가볍기 때문에 지금의 무에게 있어 모자를 집
어 드는 것은 그다지 어렵지 않았다. 이제는 물리력을 행사한
채 상당히 오랜 시간 동안 버틸 수 있게 되었기에 연습하기에
불편한 점은 없었다.

그러나 집어 든 다음에 머리 위에 올려 쓰는 게 문제다.

슉, 턱!

"또 떨어지네. 쳇."

머리에 힘을 주어도 모자는 금세 무의 몸을 통과해 바닥으
로 떨어져 버린다.

어째서일까? 분명히 걸리기는 걸리는데 몇 초 버티지 못하

는 것이다. 마치 처음 물리력 수련을 할 때처럼 지속력이 없
다.

“하기야 손가락 끝에 힘을 집중시키는 것하고 머리 전체에
집중시키는 것하고는 차이가 있겠지.”

점과 면의 차이는 크다. 그래도 무는 단념하지 않고 열심히
모자를 집어 머리 위에 쓰는 행동을 계속했다.

생각보다 빠르게 모자가 무의 머리 위에 머무는 시간이 늘
어났다. 이제는 준호와 채팅을 하면서도 모자를 쓸 수 있게
되었다.

물론 몇 분 만에 바닥으로 떨어지지만 채팅을 계속하면서
한 손으로 집어 들어 다시 쓴다.

준호의 레벨이 30이 넘어 20레벨 사냥터를 떠날 무렵에는
모자를 쓰는 것에 익숙해져 이제는 거의 의식을 하지 않고도
모자를 쓴 채 채팅을 하거나 인터넷 검색을 하게 되었다.

모르는 사람이 보았다면 허공에 모자가 둥둥 떠다니는 모
습으로 보일지도 모른다. 하지만 이 집엔 준호와 무밖에 없
다. 누가 어떻게 하고 다녀도 놀랄 사람이 없으니 상관없는
것이다.

“좋아, 이제 다시 한 번 해보자.”

무는 방 한쪽에 고정되어 있는 헤드셋으로 시선을 돌렸다.
무게가 있으니 헤드셋을 집어들 수는 없다. 하지만 머리를 넣
고 쓴다고 생각하면 일단 써지는 것이다.

무는 자세를 바로 하고 자리에 누웠다. 두 손을 가지런히 모아 배 위에 올려놓고 크게 심호흡을 몇 번 했다.

심장도 없는데 가슴이 두근두근 뛰어 참기 어려웠다. 하기야 그렇게 말하면 성대가 없어도 말을 하고 폐가 없어도 심호흡을 한다.

이전에는 이렇지 않았다. 처음 의식이 생겼을 때에는 말도 거의 못했다. 그러다가 말을 하게 되고 생각도 점점 뚜렷해지고 감정 표현도 풍부해졌다.

준호를 만나게 되면서부터 물리력까지 행사하고, 이제는 모자도 쓴다.

그녀가 아는 유령의 힘이란 것을 월등히 초월한 셈이다.

"그러고 보니 나 엄청나게 강해졌구나. 이제는 정말 준호 오라버니와 만나면 안 되겠다."

이 생각을 할 때마다 울적해지는 것은 어쩔 수 없다. 그런만큼 정말로 가능하면 가상공간에 접속하고 싶었다.

살짝 눈을 감고 차분히 정신을 집중시켰다. 일단은 모자를 쓴다는 사실에 집중했다.

과연 이제는 헤드셋의 감촉이 느껴졌다. 힘을 주어 몸을 일으킨다면 헤드셋 무게 때문에 결국 몸이 통과를 해버리겠지만, 이대로 가만히 있는다면 쓴 상태로 있을 수 있다.

"좋아. 그럼."

무는 조심스럽게 손을 올려 헤드셋의 스위치를 켰다.

위잉.

작은 기계음과 함께 옆쪽에 붉은 램프가 초록색으로 바뀌었다.

"아앗!"

순간 무는 고통을 느꼈다. 강한 전기가 짜릿하게 전신을 관통하는 느낌이랄까?

무는 자신도 모르게 몸을 벌떡 일으켰다.

"이럴 수가! 내가 고통을 느끼다니!"

무는 감동했다. 고통을 즐기는 성격은 아니다. 하지만 의식이 생긴 이후 처음 느껴보는 고통이었다. 그만큼 자극이 강했다. 고통이 고통으로 느껴지지 않았다. 감각을 느낀다는 것 자체가 너무나도 기뻤다.

"아니지. 이걸로 흥분할 게 아니야. 고통을 느낀다는 것은 헤드셋에 내가 반응한다는 거고, 그럼 나한테 헤드셋이 반응한다는 거잖아."

무는 더욱 감동했다. 할 수 있다! 가능하다! 이제는 확신이 왔다.

무는 다시 자세를 바로 하고 누웠다. 그리고 아까처럼 헤드셋을 쓴 채 스위치를 켰다.

위이이이잉, 지지지직!

"흐ㅇㅇㅇ윽."

머리를 관통하는 자극에 전신이 떨려왔지만 무는 이를 악물고 참았다.

순간, 귀에 어떤 소리가 들려왔다.

[접속자의 상태가 좋지 않습니다. 비씨피를 안정시킨 후 다시 시도해 주십시오.]

위이이이잉!

기계음 소리가 작아지더니 멈춰 버렸다.

"아! 비씨피."

무는 비씨피가 뭔지 안다. 사람의 신체 상태를 종합적으로 측정한 포인트. 이게 높아야 접속을 할 수 있다고 했다.

그런데 무는 유령이다. 유령에게 과연 비씨피가 있을까? 기껏 고통을 참으며 버텼는데 접속기는 비씨피를 요구한다.

무는 몸을 일으켜 헤드셋을 보았다. 헤드셋의 옆쪽에 있는 액정 화면에 비씨피 32이라는 숫자가 나타나 있었다.

"어! 나 비씨피 있네."

무는 자신도 모르게 피식 웃었다. 눈 밑에는 살짝 눈물이 배어 있었다.

기계가 날 사람 취급해 주는구나. 그렇게 생각하니 왠지 모르게 헤드셋에 정이 갔다.

"근데 32라면 거의 병자 수준이잖아. 내가 지금 몸이 아픈 건가?"

유령인데 그걸 어떻게 알까? 머리가 아프거나 열이 나지는 않는다. 배가 아프지도 않고 기운이 없는 것도 아니다.

"응? 머리는 아팠지. 맞아. 두통을 느꼈으니까. 아! 내가 두통을 느꼈어!"

무는 새삼 맹렬하게 감동을 느꼈다.

고통! 그것은 육체가 있는 자의 특권이 아니겠는가? 살다 보니 유령이 고통을 느끼는 경험을 다 하게 되었다. 마치 다시 살아난 느낌이다.

감동이 더블로 밀려와서 헷갈릴 지경이다. 하지만 이제는 다시 감정을 가라앉히고 시도를 할 때다.

무는 얼른 다시 헤드셋에 맞추어 누웠다. 이게 우연이 아니라는 것을 확인하고 싶었다. 다시 한 번 고통을 느끼고 싶었다.

우우우웅!

기계음이 들렸다. 그런데 생각해 보니 기계음이 들린다는 것 자체가 조금 문제가 있었다. 준호가 이용할 때에는 이런 소리는 거의 나지 않았다. 아무래도 기계에 무리가 가는 모양이다.

"침착하게, 마음을 가라앉히고."

무는 집중했다. 그러나 곧 파직 하는 느낌과 함께 몸을 벌떡 일으켰다.

"다시 한 번!"

접속에는 실패지만 고통을 느끼는 데에는 성공이다. 무는 자신감을 얻었다.

그렇게 몇 번을 반복하니 고통이 점점 약해져 갔다. 기계의 소리도 이제는 잘 들리지 않았다. 고통에 적응을 하는 것일까? 비씨피가 점점 올라갔다.

39, 43, 47, 52, 59, 65, 69.

"쳇, 아깝다. 1이 모자라네."

무는 계기판에 나타난 수치를 보고 혀를 찼다. 70이면 접속을 할 수 있다고 했는데 딱 69가 떴다.

"좋아, 이번에야말로."

무는 정좌를 하고 앉아서 잠시 마음을 가다듬고 다시 접속할 준비를 했다. 이제는 두통도 거의 느껴지지 않았다.

준호의 얼굴이 떠올랐다. 접속만 할 수 있다면 준호와 항상 같이 있을 수 있다.

"오라버니, 도와주세요."

무는 기도하는 심정이 되어 스위치를 눌렀다.

순간, 머릿속을 무엇인가가 관통하는 느낌이 살짝 들더니 눈앞에 새로운 광경이 펼쳐졌다.

유체이탈을 한 느낌이랄까? 유체로부터 또 유체가 벗어날 수 있는지는 의문이지만 분명히 그런 기분이 들었다.

"아! 됐다."

무는 자리에 털썩 주저앉으며 중얼거렸다. 그러고 보니 누워서 접속을 했는데, 갑자기 서 있는 상태인 것을 보니 정말 접속이 되었다는 확신이 들었다.

샤라라라랑!

꽃잎이 모이며 눈앞에 한 명의 여성이 나타났다. 사무용 정장을 하고 머리를 짧게 깎은 현대풍의 오피스 레이디였다.

"안녕하세요. 저는 가상공간 등록을 돕는 세이코라고 해요. 제가 알지 못하는 뇌파를 소유한 분이시네요. 가상공간에 처음 접속하는 분이신가요?"

"그래요."

"그럼 이름을 말씀해 주세요."

"무예요."

"무. 성은 없나요?"

"없어요."

"가상공간 등록은 가칭이라도 상관없지만 한 번 등록한 이름을 바꾸시려면 범죄 예방 차원에서 관련 사무소를 방문하셔야 해요. 또 가상공간 정보란에 바뀐 이름이 뜨기 때문에 몰래 바꾸는 것도 안 됩니다. 그럼 무라는 이름으로 등록할까요?"

가상공간 등록은 주민등록처럼 국가가 주도하는 게 아니다.

그만큼 가입은 쉽고, 가상공간 아이디로는 현실 공간 사람 추적이 안 되도록 해놓았다.

물론 회사에서 계정 계좌 등등을 조사하면 추적이 가능하지만 일단 눈 가리고 아웅 하는 식으로 인권을 보호하는 것이다.

단지 이름 변경은 엄격하게 관리한다. 그럼으로써 최소한의 범죄 예방을 하려는 의도이다.

무는 세이코의 확인 질문에 고개를 끄덕였다.

"예."

"등록되었습니다. 그럼 또 하나의 자신을 소중하게 여겨주세요."

걱정했던 것과는 달리 너무나도 쉽게 등록이 되었다. 이것으로 무는 가상공간에서 한 명의 사람이나 마찬가지이다.

가슴이 두근두근했다. 혹시 이 두근거림으로 인해 비씨피가 떨어질까 봐 무는 심호흡을 몇 번 하여 억지로 흥분을 가라앉혔다.

미리 인터넷에서 보았던 것처럼 종합 등록이 끝나자 여러 가지 선택 사항이 떠올랐다.

무는 그중에서 게임란으로 들어가 더 지존을 선택했다.

더 지존에서의 캐릭 생성 방법도 이미 알고 있는 무였다. 무는 자신의 모습을 고치지 않고 이름만 나싱으로 바꾸었다.

나싱(Nothing), 영어로 아무것도 없다는 의미이니 무의 영어식 이름이라 할 수 있다.

시작 장소는 준호가 시작했던 곳을 골랐다.

파앗 하는 소리와 함께 또다시 장소가 이동되었다. 초보자 마을이었다.

"정말 되는구나. 내가 접속을 했어."

무는 웃었다. 정말 미칠 듯이 기뻤다.

그런데 그때 바람이 불어왔다. 휘리링 하는 소리가 귓가를 스쳐 지나가며 머리카락이 살짝 흔들렸다. 목과 손에 차가운 기운이 느껴졌다.

"아!"

바람이 느껴진다!

무는 순간적으로 그걸 깨닫고 두 손을 들어 눈으로 확인했다.

손이 있었다. 투명하지 않은, 육체로 이루어진 손이다.

팔과 다리도 있었다. 두 발이 땅을 딛고 서 있는 것이 확실하게 느껴졌다.

"나, 육체가 있어!"

갑자기 무는 머리가 빙빙 돌고 다리에 힘이 빠져 서 있을 수가 없게 되었다. 중력의 영향인가? 지구가 놀 듯이 이 세계도 회전을 하는가?

바닥에 털썩 주저앉아 손으로 땅을 만지니 자갈돌과 모래의 감촉이 손바닥을 자극했다.

"아, 흐흐흐흐흑."

무는 울음을 터뜨렸다. 눈물이 커다란 파도처럼 거세게 흘러나와 뺨을 타고 흘러내렸다. 그 감촉 또한 감동이어서 울음을 멈출 수가 없었다.

유령으로 깨어난 지 얼마가 지났는지 그녀 자신도 잘 알지 못한다. 처음에는 거의 의식 자체가 없었고, 감정도 느낄 수 없었다. 그러다가 점점 여러 가지 감정을 확실하게 느끼게 되고 말도 다시 하게 되었다.

그 뒤로 계속 커져 가는 고독감이 무를 괴롭혔지만 준호를 만나고 나서부터는 고독을 느끼지 않게 되었다. 대신 기쁨과 슬픔 등의 여러 가지 감정이 계속해서 자라났다.

그리고 지금, 무는 새로운 육체를 얻었다.

＊　　　＊　　　＊

준호가 학교를 마치고 집에 들어오니 무가 현관 앞에 무릎을 꿇고 앉아 있었다.

"이제 오세요."

무가 앉은 채로 공손히 절을 하자 준호는 고개를 갸웃하며 물었다.

"너 갑자기 왜 그러니?"

"헤헤헤, 그냥 한번 해봤어요. 그런데요, 저 드디어 접속이 됐어요."

"그냥 한번은 무슨, 쑥스러우니까 이런 짓 하지 마라. 응?

접속을 했다고?"

"예, 캐릭도 만들었거든요."

"오오옷! 진짜 됐단 말이지?"

"예. 그런데 열흘간 체험 기간이 끝나면 계정비를 내야 한대요. 계정지급 통장을 등록해야 한다네요."

"그건 염려 마. 내가 등록을 해주면 되니까. 너 캐릭 이름이 뭐야? 아니지, 가상공간 이름도 말해줘."

"이름은 무고 캐릭은 나싱이에요. 둘 다 성은 없어요."

"오케이, 그럼 내가 먼저 접속해서 계좌 등록을 하고 갈 테니까 넌 마을에서 기다려. 초보자 마을이지?"

"예."

"그럼 안에서 보자고."

"오라버니."

"응?"

"고마워요."

"뭘 새삼스럽게 그러냐. 이래 봬도 너 계정비 정도는 내줄 수 있는 몸이다."

"헤헤헤, 그래도 고마워요."

"알았으니까 얼른 접속이나 해봐라. 처음이니까 내가 도와줄게."

"예!"

무는 준호가 캡슐 속으로 들어가 접속을 하는 것을 확인하고는 자신도 방으로 돌아가 접속을 했다.

그렇게 한 사람과 한 유령의 기묘한 동거 생활은 새로운 국면으로 접어들었다.

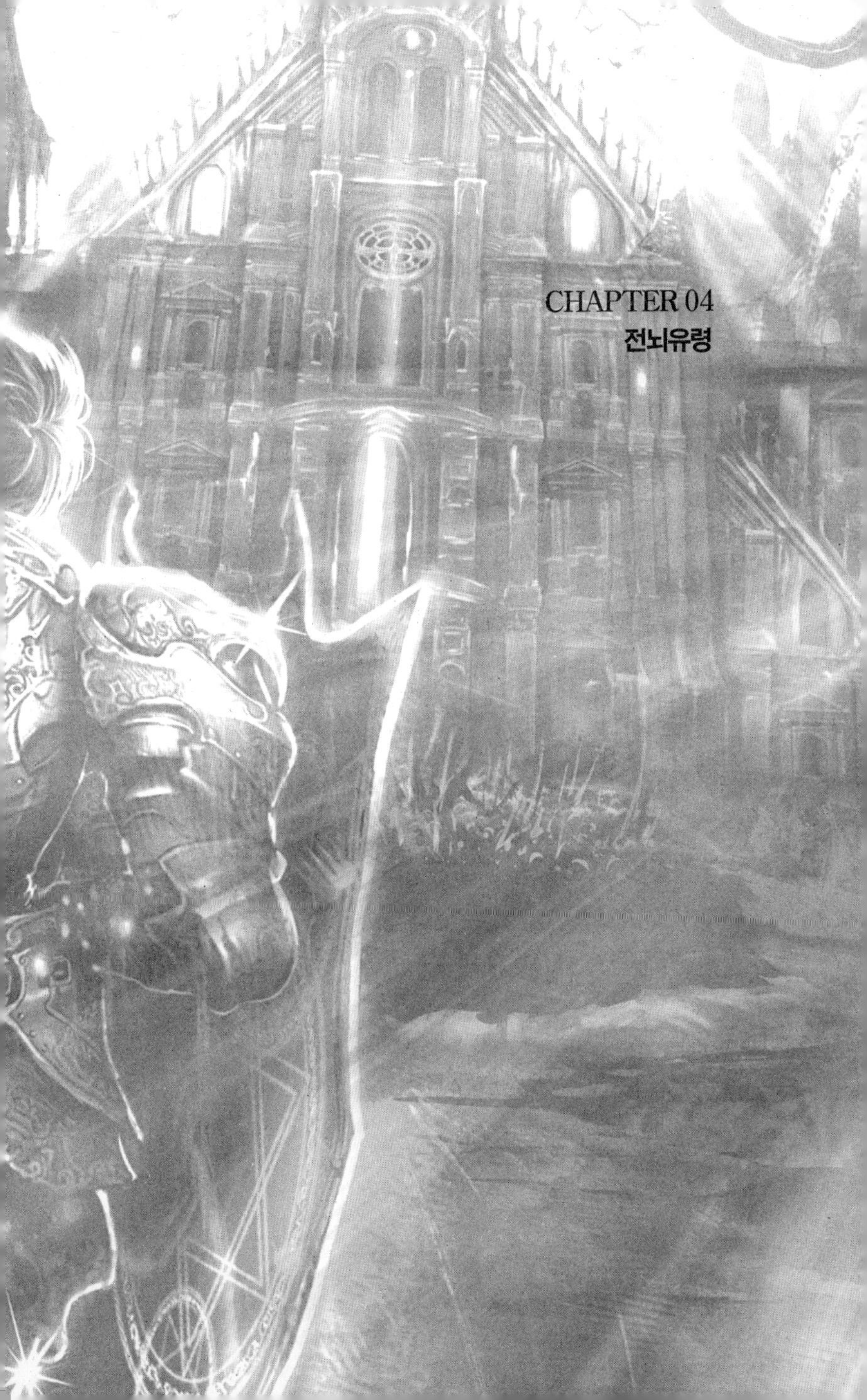
CHAPTER 04
전뇌유령

WAR
LORD 워로드구오

　구오가 처음 나싱을 보았을 때, 그는 잠시 말을 잃고 멍하니 나싱의 모습을 보고만 있었다.

　"오라버니?"

　나싱이 살짝 고개를 갸웃거리며 구오를 부르자 그때야 구오는 얼른 고개를 흔들며 말했다.

　"응, 너 실물로 보니 꽤 예쁘다. 놀랐어."

　꽤가 아니다. 구오가 지금까지 본 여자 중에 나싱이 제일이 아닐까 하는 생각이 들었다. 순간적으로 얼이 빠져 버릴 정도로 놀란 것이다.

　가까이 봐서 그런지는 몰라도 방송에서 보는 연예인들보

다 나왔다.

반투명한 모습으로 보는 것과 실물로 보는 게 이렇게 차이가 날 줄이야.

나싱은 붉은색 가죽점퍼와 청색의 미니스커트를 입고 머리를 살짝 틀어 올려 남은 절반쯤은 아래로 늘어뜨린 모습이었는데, 평소의 일본 무녀복과는 전혀 달라 현대적이면서도 섹시했다.

"어때요? 의복점에서 상품권으로 골랐어요."

나싱은 구오에게 자랑이라도 하듯 몸을 한 바퀴 돌려 보였다. 확실히 나싱은 혼혈이라 보통 일본 여성과는 다르게 종아리가 무척 길고 가늘었다. 서양식의 이상적인 체형이다.

"아주 좋아. 너, 센스있는데?"

구오는 몇 번 더 돌아보라고 말하려다 겨우 참고 얼른 품평을 해주었다.

"사실은 이런 걸 입어보고 싶었거든요."

"전에 보니까 꺄아 하고 소리만 지르더만, 역시 입어보고 싶었던 거냐?"

"그렇죠, 뭐. 헤헤헤."

내숭을 들킨 나싱은 얼른 애교 어린 웃음을 지었다. 사실 옷가게에는 전통 의상도 있었는데 나싱은 그걸 거들떠보지도 않고 대번에 짧은 미니스커트를 골랐다.

어쨌거나 구오도 전통 의상보다는 이쪽을 선호한다. 구오는 미소를 지으며 말했다.

"아무튼 가자. 넌 처음이니까 오늘은 내가 안내해 줄게. 일단 마을 안 퀘를 하면서 지리를 익히고, 익숙해지면 초보자 사냥터로 나가서 사냥을 해봐."

"예."

구오가 앞장서서 걷자 나싱은 얼른 쫓아가서 구오의 오른쪽 팔에 매달렸다. 한마디로 팔짱을 낀 것이다.

"오옷!"

야릇한 소리가 저절로 나왔다. 기분 좋은 감촉이 팔뚝에 느껴졌다.

나싱 역시 구오의 팔뚝 근육 감촉을 느끼며 만족한 미소를 지었다.

'이런 느낌이구나.'

그동안 나싱은 몇 번이나 구오를 끌어안고 싶었다. 유령일 때에는 그게 불가능했는데 이제는 된다.

"나싱아, 조, 조금 떨어지는 게 어떨까?"

구오의 목소리가 애써 평정을 유지하려는 듯 가늘게 떨리고 있었다.

그때 지나가던 사람들이 나싱 쪽을 돌아보며 중얼거리는 소리가 들렸다.

"와, 저 여자 예쁘다."

"커플인가 봐. 남자 쪽은 좀 아닌데? 날카롭게 생겼어."

“부잔가 보지.”

“에이, 가상 성형의 기적적 성공일 거야.”

커플이란 단어가 구오와 나싱을 동시에 자극했다. 나싱의 손에 약간 더 힘이 들어갔다. 그러나 일단 구오가 놓으라고 했으니 그녀는 아쉬운 표정을 지으며 떨어졌다.

아쉬운 것은 구오도 마찬가지다. 구오의 머릿속에서 이성과 감정이 부딪치기 시작했다.

‘내가 왜 이러지? 얘는 유령인데.’

‘유령이 뭔 상관이야. 여긴 가상공간이잖아. 엔피씨랑도 데이트를 하는 세상이라고.’

‘음, 그러고 보니 엔피씨보단 유령이 조금 더 사람하고 가까운 건가?

일단 유령은 전직 사람이라고 할 수 있고, 프로그램이 아닌 실제 감정을 가진다.

그렇게 생각하니 나싱이 조금 더 예뻐 보였다. 육체가 있는 유령이면 사람과 다를 바가 거의 없지 않을까? 비록 그것이 가상공간에서의 육체라고 해도 말이다.

＊　　　＊　　　＊

시간 가는 줄도 모르고 마을 안 퀘스트를 싹 해결하고 나니 어느덧 구오의 귀에 알람이 울렸다. 비씨피가 70이 된 모양이

다. 여기서 더 할 수도 있지만 70 이하로는 안 떨어뜨리기로
결심했으니 이제는 그만할 때다.

"나 이제 나가야 돼."

"아, 오라버니, 나가시게요?"

"응. 근데 넌 괜찮니?"

게임 시간으로 거의 하루를 했으니 현실로는 여섯 시간에
가깝다. 보통 헤드셋 유저라면 끊겨도 세 번은 끊겨야 하는데
무는 멀쩡하다.

무도 이상한지 고개를 갸웃하며 말했다.

"글쎄요. 현재 비씨피는 73인데요?"

"잉, 아까도 73이었잖아."

"접속할 때에도 73이었어요."

"허걱!"

설마? 구오는 믿을 수 없다는 표정이 되었다.

무는 아무 생각 없이 배시시 웃으며 말했다.

"제가 유령이라 그런가 보죠, 뭐."

"어이, 그게 그렇게 간단히 말할 수 있는 문제가 아니거
든."

구오는 잠시 고민하다 다시 말했다.

"일단 나는 나갈 테니까 넌 여기 계속 있어봐. 얼마나 접속
을 할 수 있는지 봐야 하니까."

"오라버니가 나가면 저도 나갈래요."

무는 그렇게 말하면서 살짝 주먹을 쥐었다. 아무래도 육체를 느끼는 지금 상황에서 다시 유령의 상태로 돌아가는 것이 좋지는 않았다. 그래도 구오와 같이 있고 싶었다.

구오는 고개를 저었다.

"아니야. 이건 진지하게 생각을 해봐야 돼. 게임 접속은 끊더라도 가상 오피스에 들어가 있어. 시간 흐름 조절을 현실로 맞추면 채팅이나 화상 전화도 되니까."

"그럼 그렇게 할게요."

무가 가상공간에서 얼마나 있을 수 있는지를 확실히 해두지 않으면 안 된다. 구오는 그렇게 판단하고 일단 접속을 끊었다.

캡슐이 열리니 이제는 구오가 아닌 준호다.

준호는 컴퓨터의 단말을 켜고 화상 채팅방을 열었다. 조금 있으니 나싱이 들어왔는데, 나싱은 가상공간에서 지원하는 기본 복장을 입고 있었다.

더 지존이 아닌 가상 오피스이니 더 지존에서 입고 있던 옷은 더 이상 지원이 되지 않는다. 그렇다고 해서 옷이 없으면 안 되니 남녀 공용인 단색의 셔츠와 바지는 입게 되어 있다.

필요 이상으로 옷을 벗으면 자동적으로 타인과의 접속이 끊어진다. 옷을 홀딱 벗고 화상 채팅을 하려면 그걸 허용하는 성인 전용 공간에 들어가야 한다.

"일단 옷부터 좀 사자. 재팬옥션을 열 테니까 한번 골라봐."

"네."

사람이든 유령이든 가상공간에 처음 접하면 의외로 할 게 많다. 소위 말하는 가상공간 품위 유지비도 들어간다.

준호는 나싱이 필요한 옷을 사는 것을 같이 지켜봐 주었다. 현실보다는 훨씬 싸지만 디자인 값이 있어서 여러 벌 사니 이것도 꽤 출혈이 컸다.

나싱은 이걸 일종의 데이트라고 생각하는지 기분이 꽤 좋은 모양이다. 하기야 쇼핑을 하면서 기분 안 좋은 사람이 몇 있을까?

곧 나싱의 주변에 선물 상자가 가득 쌓였다.

"내친김에 그 오피스 장기 계약해. 옷장 옵션도 설치하고."

"예, 예."

나싱은 정신이 없는지 고개만 계속해서 끄덕이며 준호가 시키는 대로 이것저것을 했다. 그러다 보니 시간이 후딱 지나가 이제는 준호가 잠을 자야 할 시간이 되었다.

"비씨피 수치는 계속 그대로인 거지?"

"예, 그러네요."

"흠, 정말 유령은 지치지 않는 건가?"

유령이 비씨피 수치가 있다는 것도 믿기 어려운 얘기다. 육체의 상태를 종합적으로 나타내는 수치가 육체가 없는데 어찌 나타날까? 그런데 나싱은 그걸 해냈다. 이 점은 아무리 생각해도 이해하기 어려웠다. 단지 현실이 그럴 뿐이다.

그런데 비씨피 수치가 여덟 시간 동안 전혀 떨어지지 않는다. 그렇다면 이론상 나싱은 가상공간에서 하루 종일 지낼 수 있다는 소리가 된다.

"어쨌든 자고 일어나서 다시 접속할 테니까 그때까지 계속 있어봐. 혼자 심심하지는 않겠지?"

"인터넷이 있는데 심심하기는요. 일단 가상공간 오피스 매뉴얼이나 다 읽어볼게요."

나싱은 착실한 성격이다. 준호는 매뉴얼 따위는 필요할 때 이외에는 별로 보지 않는다. 아무래도 준호가 나중에 나싱에게 가상공간 오피스에 대한 것을 묻게 될 것 같다.

"그래, 그럼 좀 있다 보자. 참, 시간 흐름을 가상공간 모드로 돌려놓고 있어. 아니면 더 지존을 하던가."

"예."

준호는 접속을 끊고 샤워를 한 후 바로 침대에 누웠다. 그런데 오늘 따라 잠이 잘 오지 않았다.

평소에는 어떤 상황에서도 누우면 5초였는데, 오늘은 나싱에게 일어난 일이 너무나 신기해서 약간 흥분이 되었나 보다.

"이럴 땐 양 숫자를 세라고 했지? 양 하나, 양 둘, 양 셋……."

역시 양이 효과가 있었다. 준호는 양 열을 세기도 전에 잠이 들었다. 나싱의 가상공간 접속이란 사건은 준호의 수면 공간 접속 대기 시간을 5초에서 5분으로 늘리는 효과를 발휘했다.

한편 구오가 접속을 끊은 후, 나싱은 일단 가상 오피스 공간 매뉴얼을 차근차근 읽어보았다. 앞으로 이곳이 그녀의 또 하나의 생활공간이 될 가능성이 높다는 느낌이 강하게 들었다.

현실도 나쁘진 않지만 이곳에선 육체가 느껴진다. 그게 무엇과도 바꾸기 어려운 쾌감으로 다가왔다.

"여기에서 난 다른 사람들과 같은 거야. 이제는 구오 오라버니도 만질 수 있고."

아까 팔짱을 꼈을 때의 감촉이 생각나니 얼굴이 살짝 붉어졌다. 구오의 근육은 대단히 부드러워 손가락으로 살짝 누르면 뼈가 느껴질 정도였다. 그러다가 가끔씩 힘이 들어가면 순간적으로 단단해지는데 그때는 칼도 들어가지 않을 것 같았다.

나싱도 살아 있을 때 극한의 수련을 한 몸이라 구오의 근육이 그야말로 최고의 것임을 알 수 있었다. 나싱 역시 하얀 피부 속에 그와 비슷한 근육을 숨기고 있는 것이다.

"그러고 보니 무술 수련을 안 한 지 오래되었네. 구오 오라버니와 더 지존에서 생활을 하려면 아무래도 필요하겠지?"

나싱은 가상 오피스 옵션 창을 켜고 무술 수련용 개인 트레이닝 공간을 구입했다. 그리고 재팬옥션의 가상 무구 숍에 들러 일본식 활인 다이교와 나기나타, 그리고 짧은 단도 몇 자루를 구입했다.

더 지존 내에서 수련을 해도 되지만 아무래도 감각을 되찾으려면 현실 80% 모드로 연습을 좀 해야 할 것 같았다. 물론 더 지존에서도 게임 모드로 연습을 병행할 생각이었다.

나싱은 일단 다이교를 들어 한 발 한 발 정신을 집중해서 쏘았다. 50대를 쏘니 이제는 쏘는 대로 과녁에 맞았다. 표적과 의식이 일치되는 감각을 되찾은 것이다.

나싱은 다시 나기나타를 들고 자세를 취했다. 곧 그녀의 몸이 나기나타와 하나가 되어 돌아가기 시작했다.

현대의 나기타나 운용법과는 조금 다른 식이었는데, 무용수처럼 몸이 계속해서 회전을 하며 상대를 공격하는 방식이었다.

파라라락!

옷자락과 나기나타가 바람을 찢는 소리가 계속해서 가상 공간에 울려 퍼졌다.

*   *   *

삼 일이 지났다. 나싱은 여전히 가상공간에 있었다. 비씨피는 오르지도 내리지도 않고 딱 73.

“일단 나와봐.”

준호가 말하니 나싱은 순순히 현실로 돌아왔다.

준호와 무는 얼굴을 맞대고 앉아 진지하게 다시 상의를 하기 시작했다.

“일단 지금까지의 경과로 볼 때 넌 마냥 가상공간에 있을 수 있어. 그렇지?”

“그런 것 같아요. 그런데 가상공간에서는 아무리 몸을 움직여도 피곤하지 않은 것 같아요. 운동을 해도 땀이 거의 안 나고요.”

무는 약간 섭섭한 표정을 지으며 말했다. 사실 그녀는 피로감을 느끼고 싶었다.

유령이었을 때에는 느끼지 못했던 모든 감각을 가상공간에서 다시 맛볼 수 있었는데, 시스템 특성상 피로만큼은 아주 약하게밖에 지원이 안 되는 것이다.

“그게 무서운 점이지. 소문으로는 이걸 나쁜 쪽에 사용하면 거의 마약과도 같은 효과가 난다고 하더라고. 그래서 그쪽 관련법이 꽤 엄하게 되어 있어.”

“그렇군요.”

“아무튼 넌 이제 가상공간에서 생활을 할 거지?”

“준호 오라버니께서 허락하시면요.”

“내 허락이 뭔 필요가 있나. 그냥 하고 싶은 대로 해.”

그것으로 이야기는 끝냈다. 유령이 새로운 육체를 얻을 수 있는 곳, 그곳이 가상공간이다.

준호는 유령이 되어보지 못해서 그게 얼마나 감동적인 일인지 이해할 수 없었지만 적어도 무가 간절히 원하고 있는 것만큼은 알 수 있었다.

"그럼 이제부터는 내가 접속했을 때 같이 노는 방향으로 하고, 그 외에는 너만의 생활을 구축해."

"예."

지금까지와는 반대의 생활이다. 하지만 적어도 무가 혼자 있을 때 할 수 있는 일이 정말 많아졌다.

더 지존을 여러 나라가 공동 개발한 이유가 완벽한 가상도시 구축에 있고, 그 프로토 타입인 신도시도 곧 오픈할 예정이다.

현실과 거의 같은 생활을 할 수 있는 가상신도시는 근 미래 국제 비지니스의 핵심이 될 것으로 주목되고 있다.

준호는 무와 상의한 끝에 둘이 같이 테스터로 지원하기로 했다.

"어쨌든 지금은 더 지존을 하자고. 일단 레벨을 올려봐. 비슷한 레벨이 되면 파티로 사냥을 하면 되니까."

"예, 열심히 할게요."

무는 눈을 빛내며 대답했다.

그다음 날부터 나싱의 광 렙은 시작되었다. 광 렙은 미친 듯한 속도의 레벨 업을 말한다.

나싱은 구오 이외에는 다른 사람과 말도 섞지 않았다. 나싱이 워낙 미녀라 지나가던 남성 유저들 대부분과 심지어는 여성 유저들까지 관심을 보였지만 언제나 차갑게 무시할 뿐이다.

솔로용 사냥터 한구석에는 쉬지 않고 봉을 휘두르는 나싱의 모습이 항상 있었다.

처음 구오는 나싱에게 파티 사냥을 권했다. 그러나 구오의 말이라면 항상 고개를 끄덕이는 나싱이 이번에는 주저하며 대답을 하지 않았다.

"저, 아직 제가 보통 사람과는 다른 부분이 조금 있어서요. 말투도 조금 이상한 것 같고……."

"아!"

구오는 그때야 나싱이 왜 타인과 전혀 교류를 하지 않으려는 것인지 깨달았다.

나싱은 자신이 유령이라는 것을 항상 마음에 두고 있다.

누군가 나를 알아보면 어쩌지? 더 이상 이곳에 들어오지 못하게 되면?

이런 생각이 나싱을 솔로 플레이어로 만들었다.

"그래, 그렇구나."

구오는 더 이상 나싱에게 파티 플레이를 권할 수 없었다.

사실 요즘 나싱은 전혀 유령답지 않아서 구오도 곧잘 헷갈릴 정도다. 말투도 이제는 완전 현대어로 바뀌었고, 심지어는 현역 여고생들의 유행어도 자연스럽게 구사한다.

들키지는 않을 것 같다. 하지만 나싱 자신이 불편해하니 파티 플레이에는 무리가 있다.

비밀을 가슴에 담은 채 사람을 상대하는 것은 결코 쉽지 않은 일이다. 절대로 들켜서는 안 되는 비밀이라면 더욱 그렇다.

"헤헤헤, 혼자 해도 금방 키울 수 있어요. 조금만 기다려 주세요."

구오가 납득하자 나싱은 웃으면서 말했다.

10레벨이 되었을 때 나싱은 순찰자를 선택했다. 처음 나싱은 구오가 전사이니 구오와 같이 놀려면 힐러인 치유사가 적합하다고 생각했다.

그런데 구오가 나싱의 몸놀림을 보고 말했다.

"너, 무술 수련한 적 있구나?"

"예, 옛날에 이것저것 배웠어요."

무가 쓰는 것은 나기나타였다. 청룡도와 비슷한 구조이지만 날 부분이 일본도처럼 얇아 날렵한 움직임을 가능케 하는 무기다.

"음, 그럼 그냥 격수 쪽으로 가는 게 좋을 것 같은데?"

"예? 하지만 오라버니랑 같이 다니려면 아무래도 치유사가 좋지 않을까요?"

"아니야. 나한테 맞추기보다는 네 적성에 맞는 걸 해야지. 그리고 내가 공특전사가 아닌 방특전사라 네가 힐러하면 댐지

가 너무 안 나와. 어차피 둘이 사냥할 때에는 적당히 약한 놈들
만 잡으면 되니까 차라리 공격력을 강화하는 게 좋을 것 같아.”
  “그럴까요?”
  “응, 내가 방특전산데 너까지 힐러하면 몹 한 마리 잡는 데
완전 장기 면담을 해야 되잖아. 차라리 돈이 좀 들더라도 물
약 빨면서 하자고.”
  “그럼 그럴게요.”
  나싱도 치유사보다는 순찰자를 하고 싶었다. 순찰자의 기
술 중에는 일본의 닌자술에서 따온 것들이 꽤 있는데, 나싱은
과거 닌자 수업을 받았기 때문에 그런 것들에 익숙했다. 단지
구오와 놀기 위해 치유사로 가려고 했던 것이다. 하지만 구오
는 회복보다는 대미지를 원한다.
  구오의 권유대로 나싱은 순찰자를 택했다. 기술 역시 다른
건 보지 않고 공격력이 강한 것으로 선택했다.

Skill

맹타

제한:10레벨   직업:전사, 순찰자
시전 시간:순간   쿨 타임:10초
방어를 생각하지 않는 무모한 일격, 무기 공격에 추가 대미지를 주지만
사용자에게 10초간 방어력 감소 효과를 준다.
대미지 +중. 명중 자동. 방어력 -중.

Skill

연타

제한:10레벨 　　　　　　　 직업:전사, 순찰자

시전 시간:순간 　　　　　　 쿨 타임:10초

첫 공격이 성공하면 10초간 모든 공격의 명중이 올라가고 상대의 회피 기술을 무시할 확률이 생긴다.

대미지 +-. 명중 +소. 기술 무시 +중.

그 외에도 나싱은 빈틈 노리기와 은신, 고양이 걸음도 익혔다.

원래 뒤치기 기술인 빈틈 노리기는 많은 순찰자들이 선호하는 스킬이지만 이걸 제대로 쓰려면 은신과 고양이 걸음이 필수라 할 수 있다. 그 두 가지 스킬이 있어야 상대에게 들키지 않고 접근할 수 있기 때문이다.

그런데 10레벨에는 스킬 장착이 두 개밖에 안 되기 때문에 보통 빈틈 노리기는 배우기만 하고 솔로 사냥 시에는 빼놓고 있다가 파티 사냥을 나갈 때 마을에서 갈아 끼우는 식으로 많이 사용한다. 파티 사냥 때에는 몸빵이 몬스터와 대면하는 사이 스킬을 쓰면 되니까.

나싱의 경우 일단 거의 솔로 사냥을 할 생각이기에 당분간은 쓸 일이 없을 것이다.

일단 스킬을 쓰기 시작하니 사냥 속도는 더욱 빨라졌다. 나싱은 금세 20레벨을 찍었다. 그도 그럴 것이, 나싱은 조금도 쉬지 않고 사냥만 한 것이다.

"이제 조금만 더 레벨을 올리면 오라버니랑 같이 놀 수 있어요. 헤헤헤."

구오가 들어왔을 때, 나싱은 배시시 웃으며 그렇게 말했다.

"흐미, 넌 괴물인 거야."

구오는 고개를 절레절레 저었다.

구오 자신도 길드원들이 보기엔 인간 같지 않은 광 렙을 하는 중인데, 그걸 맹렬하게 추적하는 나싱은 무엇인가!

"유령이지. 맞아."

구오는 곧 납득했다.

"그런데 말이야, 아무래도 다른 사람들이 너를 이상하게 생각하기 시작한 것 같아."

"예? 뭐가요?"

"언제나 접속을 한 상태니까. 사람이라면 그럴 수 없거든. 마을 술집에서 하는 소리 중에 너에 관한 게 있었는데, 혹시 시스템이 파악돼서 오토 유저가 나온 게 아니냐고 하더라. 물론 농담이지만."

가상공간에 오토가 존재할 가능성은 없다. 심지어는 대리 접속도 안 된다. 사람의 뇌파는 지문보다 훨씬 독특한 개성을 지니고 있어서 아직까지 위조를 할 수 있는 방법이 개발되지 않았다.

뇌파 파장을 위조할 수 있다는 것은 그 사람 자체를 복제할 수 있다는 말이 되니 이건 신의 영역이라 할 수 있겠다.

"아, 저, 그럼 어떻게 해야 돼요?"

이건 가벼운 일이 아니다. 나싱은 그걸 깨달았다.

어쨌든 간에 나싱은 정상적인 유저는 아니다. 그녀는 얼른 구오와 같은 레벨이 되고 싶어서 하루 종일 플레이를 했는데, 이게 문제가 될 줄이야.

"뭐, 더 지존 게임 시간을 좀 줄여야지. 나머지 시간은 가상 오피스에서 있고."

"예, 그럼 오라버니랑 시간을 맞출게요."

"그 정도가 좋겠어."

"그런데 그러면 구오 오라버니를 따라잡기는 힘들 것 같은데……."

"으음, 그게 그렇게 되네."

같은 시간이라면 아무래도 솔로로 사냥하는 나싱보다 파티 플레이 위주의 구오가 더욱 레벨 업이 빠르다. 나싱이 구오를 따라잡기는커녕 반대로 레벨 차이가 벌어질 가능성이 무척 크다.

"기다려 주고 싶어도 요즘 길드원들의 감시하에 레벨 업을 하는 상황이라서 접속하면 바로 사냥이거든."

쇼부의 감시는 무서웠다.

구오는 정말로 접속 시간의 95% 이상을 사냥에 쓰고 있었다. 정리고 뭐고 없다. 나갈 때 당삼이나 상큼청춘이 구오가 주운 아이템을 싹 수거해 간다. 반대로 접속하면 사냥에 필요한 식량이나 강화용 주문서를 바로바로 준다.

그야말로 레벨 업 기계! 그것이 바로 구오의 현주소다.

"아, 좋은 수가 있다. 하하하!"

고민하던 구오는 갑자기 머릿속에 플러시가 터지는 느낌을 받고는 웃음을 터뜨렸다.

"뭔데요?"

"별건 아냐. 너하고 나하고 커플 서비스 등록을 하면 돼. 그러면 너한테 보너스 경험치가 들어가거든."

커플 서비스 등록은 레벨 차이가 많이 나는 커플을 위한 상호 경험치 보너스 시스템이다. 이 등록을 하면 고 레벨 측은 경험치 손실이 발생하지만, 고 레벨이 쌓는 레벨당 경험치가 저 레벨에게 보너스로 들어간다.

즉, 50레벨의 쉐인 유서가 1레벨을 올리면 커플인 20레벨은 가만히 앉아 있어도 1레벨이 올라가는 것이다. 거기에 저 레벨 측은 따로 경험치를 쌓을 수 있으니 결과적으로 두 유저의 레벨은 무조건 같아지게 되는 셈이다.

그러다가 레벨이 같아지면 따로 플레이를 해도 두 사람이 경험치를 나눠 먹게 된다.

이것이 더 지존에서 지원하는, 일명 경험치 빨대 시스템이다.

폭 렙을 하고 싶으면 폐인 애인을 두면 된다. 자고 일어났는데 레벨 업을 할 수 있다.

"그런 서비스가 있군요!"

"그래, 일단 너랑 나랑 레벨이 비슷해질 때까지는 그렇게 하면 될 거야."

"예."

결정을 한 두 사람은 바로 마을에 있는 관청으로 가서 커플 서비스 등록을 했다.

경험치 보정을 위한 것이지만 명칭이 명칭인만큼 나싱은 약간 붉어진 얼굴로 등록 합의서에 이름을 적고 확인 버튼을 눌렀다.

"그럼 일단 레벨을 맞춰. 그 뒤에는 우리 길드에 들어서 같이 놀면 되니까. 내가 길드원들에게는 먼 친척인데 아주 내성적이라 다른 사람과는 거의 대화를 못한다고 소개해 놓을게."

"예."

이것으로 모든 문제는 해결되었다. 나싱은 평범한 유령에서 현대 문화를 배운 신세대 유령이 되었다가 이제는 가상공간에서 생활하는 전뇌유령이 된 것이다.

가상공간의 시간은 현실의 네 배. 가상 오피스에서의 시간은 너무나 길었다.

그 시간 동안 나싱은 주로 외국어 공부와 수련을 했다. 그녀는 자신의 피 중 절반이 일본이 아닌 다른 곳에서 왔다는 것을 알기에 외국어에 관심이 많았다.

하루를 4일처럼 쓰고, 가상 오피스라는 밀폐된 공간에서 잡념없이 자기개발에 힘쓰니 무서울 정도의 효과가 있었다.

그 결과 나싱의 육체적, 정신적 능력이 비약적인 발전을 하게 되었는데, 아직 구오는 이런 점을 미처 깨닫지 못하고 있었다.

CHAPTER 05
모여드는 인재들

WAR LORD
워로드구오

구오는 요즘 레벨 업을 하는 것 말고도 승마 연습과 실전 대결을 한다.

쇼부가 찾아낸 실전 강자들은 정말 하나같이 강했는데, 대부분 도장의 관장들이었다.

공수도나 고무술과 같이 맨손으로 싸우는 데 능한 사람도 있고, 검도도장의 경우는 검을 들고 싸우려 했다.

구오는 그들이 원하는 대로 무기로 싸우든 맨손으로 싸우든 다 받아들였고, 모두 이겼다.

이건 상대에 대한 배려 문제가 있어 표면적으로는 소문을 내지 않고 비밀리에 이루어졌는데, 그럼에도 불구하고 뒤쪽에서는 은근히 이 일에 대해 관심을 가지는 사람이 많았다.

그 결과, 구오의 명성이 점점 올라가게 되었다.

그러다가 상큼청춘이 구오에게 협박을 동반한 애원으로 대결 동영상 중 하나를 공개하기로 하면서 쓴 기사가 더 지존.넷에 떴다.

제목은 '30레벨의 고수'.

이 기사 역시 첨부 동영상의 화려함에 힘입어 상당한 조회 수를 기록했는데, 관계자들은 구오의 움직임이 진정한 고수 의 그것이라고 입을 모아 말했다.

그 결과 인기의 증가는 물론이고 구오와의 실전 대결을 원 하는 사람이 더욱 늘어났다.

더군다나 패한 사람들이 약속대로 마키오에 가입을 했는 데, 이들이 혼자 들어오는 게 아니라 자신의 관원들까지 끌고 들어오는 경우가 많았다.

이 관원들 중에 또 인재가 많아서 그야말로 체력 되고 의욕 있는 실력자들이 점점 길드에 늘어나는 추세다.

"흐, 무술로 길드를 확장하니 편하네요."

구오가 웃으며 쇼부에게 말하니 쇼부도 같이 웃으며 고개 를 끄덕였다.

"그러게 말이다. 나도 놀라는 중이다. 근데 너 정말 사기적 으로 강하더라. 그런 그렇고, 사람들이 일주일에 한 번 정도 무술 강론이라도 해달라고 하던데, 할 거냐?"

"그럴까요? 근데 제가 아직 나이가 어려서 나이 드신 분들 앞에서 뭐라고 말을 하기가 좀 그래요."

"그런 나이 드신 분들과 싸울 때에는 가차없이 패던데 뭘 그래? 할 수 있으면 좀 해라. 나도 듣게."

"그러죠, 뭐."

구오네 문파는 남에게 비술을 숨기거나 하는 규율은 없다. 또 다른 문파의 무술을 배우지 말라는 규칙도 없다.

구오의 문파가 추구하는 것은 단 하나, 바로 최강자의 자리에 올라서는 것이다.

구오는 쇼부와 무술 강연에 관한 내용과 시범 대련에 대해서도 상의를 했다.

그런데 그때, 상큼청춘이 길드 사무실의 문을 열고 들어오며 말했다.

"구오야, 밖에 누가 찾아왔는데 들어오라고 할까?"

"누나, 어서 오세요. 누가 왔는데요?"

"몰라. 흑인들이야. 무섭게 생겼다."

흑인들? 구오는 고개를 갸웃거리면서도 길드 사무실 개방 옵션을 켰다.

곧 상큼청춘이 말한 대로 열두 명의 흑인이 들어왔다.

하나같이 건장한 체격을 지닌 남자들인데, 동작에 절도가 있고 모두 한 덩어리처럼 통일된 움직임을 보이는 것이 상당한 집단 훈련을 받은 모양이다.

그중 가장 앞에 서 있는 사람은 키가 190센티미터 정도에 눈매가 날카로웠다. 단지 코가 전형적인 아프리카 흑인의 그 것으로 납작하게 옆으로 넓게 퍼져 있고, 입술도 두툼해서 전 체적으로는 조금 웃겨 보이는 인상이었다.

상대는 구오가 자신을 보자 손을 내밀어 악수를 청했다.

"우쿠타라고 합니다. 과비크에서 온 유학생입니다."

옆에서 쇼부가 눈에 이채를 띠며 말했다.

"과비크? 그럼 게임 군인인가요?"

"그렇습니다. 작년에 본국의 국립사관학교를 졸업하고 현 재 계급은 중위입니다. 올해 일본의 대학에 유학을 하는 동료 들을 대표하고 있습니다."

구오도 과비크에 대한 이야기는 안다.

역사가 50년도 안 된 아프리카의 신생 독립국. 그들이 현 재 아프리카의 여러 중소 국가들 중에서 상당한 발언권을 행 사하는 힘을 가지게 된 것은 바로 게임 덕분이다.

30년 전 통일한국에 유학을 온 과비크의 제3 왕자 알잠 과 비크가 당시 최고의 게임이었던 신마대전을 하다가 귀국을 했다.

그런데 알잠 왕자는 귀국을 하자마자 국가 예산을 동원해 가상공간 게임 시설을 대규모로 설치하고 자신을 따르는 군 인들과 함께 게임을 하기 시작했다.

척박한 아프리카 소국에서 국가의 운명을 건 작업장이 탄생한 것이다.

　가상공간 게임 시장이 점점 커져 감에 따라 그들이 벌어들이는 수익 역시 계속해서 불어났다. 초기 투자자라고 할 수 있는 과비크였기에 더욱 맛있는 열매를 얻을 수 있었다.

　알잠 왕자는 거기에 그치지 않고 수익을 전부 게임 개발에 투자했다. 자국에서 개발을 하는 것이 아니라 각종 게임 개발사에 투자를 한 것이다.

　그게 당시 소왕국에 불과했던 과비크를 발전시킨 원동력이 되었다.

　게임으로 큰 나라.

　사관학교를 졸업한 군인들이 왕족의 지휘 아래 게임을 하는 나라.

　왕국의 이름을 그대로 게임에서 길드로 쓰고, 길드장은 바로 현 국왕인 알잠 과비크!

　지금까지 유수의 게임에서 항상 최강 전력 중 하나로 손꼽히는 강력한 정예 군대를 보유해 온 길드가 바로 과비크이다.

　더 지존에서도 그들은 또다시 히니의 길드인 과비크로 참여했다. 그런데 참여 국가마다 왕국을 배당한 것이 더 지존의 시스템인만큼 그들에게도 그들만의 왕국이 주어졌다. 왕국 전체에 단 하나의 길드만이 존재하게 된 것이다.

　이런 과비크에서 군인이란 바로 프로게이머를 의미한다고 할 수 있다. 세상에서 총 쏘는 훈련보다 가상공간 게임 훈련 시간이 더 많은 사관학교는 과비크가 유일하다.

"과비크의 게임 군인을 직접 보게 되다니 영광입니다. 그런데 무슨 일로 오셨습니까?"

구오가 묻자 우쿠타는 여전히 딱딱한 목소리로 답했다.

"구오님이 이곳에서 길드를 만들고, 강자와의 현실 모드 대전을 통해 길드원을 모은다는 정보를 들었습니다. 이에 우리도 현실 모드 대전을 신청하기 위해 왔습니다."

"현실 모드 대전을 신청하시겠다고요?"

"그렇습니다. 여기 있는 모잠 소위와 대전을 해서 승리를 하시면 저희가 일본에 머무는 동안 이 길드에 가입하여 구오님께 충성할 것을 약속드립니다."

"그런 이유로 오셨군요."

"단, 반대로 구오님께서 패하시면 저희가 만드는 길드에 구오님이 가입을 하시는 조건을 걸겠습니다."

"뭐라고? 이봐요. 그런 무례한 말이 어디 있어요!"

옆에서 듣던 상큼청춘이 버럭 화를 냈다. 갑자기 들어와서 길드를 걸고 대결을 하자고 말하는 것이니 기분이 나쁠 만도 하다.

그러나 우쿠타는 무뚝뚝한 말투로 상큼청춘에게 말했다.

"승부에 걸리는 조건은 대등해야 합니다. 적어도 과비크에서 강약으로 위아래를 정할 때에는 그렇습니다."

쇼부와 구오는 아무 말 없이 듣기만 했다. 쇼부는 구오에게 눈짓으로 어떻게 할 것인지 물었다. 어디까지나 결정권은 구오에게 있다.

구오는 모잠을 보고 미소를 지었다.

"모잠 소위는 임피시군요. 창과 방패를 써서 싸우실 겁니까?"

"어떻게 내가 임피란 것을 알았습니까?"

"목에 있는 흉터는 임피의 표식 아닙니까? 등에서 목을 통해 가슴까지 이어지는 문양일 텐데요."

"흐, 그런 걸 아실 줄은 생각지도 못했습니다."

"구오야, 임피가 뭐야?"

상큼청춘이 물었다. 구오는 여전히 모잠의 눈을 보며 말했다.

"아프리카의 전사예요. 창과 방패만으로 사자를 잡은 사람을 뜻해요."

"어머, 사자를 잡아? 근데 사자는 지금 멸종 위기잖아. 그거 잡으면 국제법 위반 아니야?"

역시 상큼청춘 누님의 반응은 독특하다. 구오는 속으로 그렇게 중얼거리며 다시 말했다.

"요즘은 가상공간 내에서 싸워요. 완전 현실 모드로 하는 거라서 실제와 별 차이가 없다고 하더군요. 지면 죽을 수도 있고요."

모잠이 하얀 이를 드러내며 웃었다.

“정말 잘 아시는군요. 맞습니다. 저는 임피입니다. 그런데 저와 싸우실 겁니까?”

총이 아닌 창과 방패만으로 사자를 잡은 자. 단순한 무도가가 아닌 아프리카를 통틀어 몇 명 없다는 위대한 전사 임피!

모잠의 눈에는 자신감이 넘치고 있었다. 쇼부나 상큼청춘은 불안한 눈으로 구오를 보았다. 구오가 아무리 강해도 정말 사자를 잡은 자를 이길 것 같지는 않았다.

사자가 괜히 백수의 왕이라고 불리는 것이 아니다. 보통 사람은 창을 두 손으로 잡고 죽을힘을 다해 찔러도 잠자는 사자의 가죽을 뚫지 못한다. 그만큼 가죽이 질기다.

사자와 싸우려면 최소한 사자의 가죽을 한 손에 든 창으로 관통할 만한 힘과 바람처럼 움직이는 표적의 급소를 정확하게 노릴 수 있는 정교함이 있어야 하는 것이다.

그 위에 문제는 사자가 바람처럼 도망가는 게 아니라 번개처럼 공격을 해온다는 데에 있다. 창으로 찌르는 속도보다 사자가 앞발로 후려치는 속도가 빠르다.

수많은 무도가들이 사자에게 도전을 했지만 극소수를 제외하고는 모두 사자 앞발 한 방에 머리가 날아가 버리는 체험을 했다.

그렇게 세상은 임피가 위대한 전사라는 것을 인정했다. 그리고 전 세계의 무도가들과 각종 기관에서는 임피의 수련법을 과학적으로 분석하려 하고 있다.

현재 세계 최강의 실전 무술 중 하나로 손꼽히는 것이 바로 임피의 전투술이고, 임피는 그 정점에 선 자다.

그러나 구오는 여전히 여유로운 미소를 입가에 드리운 채였다.

"재미있군요. 임피와는 한번 싸워보고 싶었습니다. 해보죠."

"승낙해 주서서 기쁩니다. 모잠 소위, 준비는 되었나?"

우쿠타는 혹시라도 구오가 말을 취소할까 봐 바로 대전을 시작하자는 투였다. 그러나 모잠이 말했다.

"저는 언제든지 싸울 수 있습니다만, 구오님께는 준비가 필요할 것입니다. 서로 최상의 컨디션으로 싸울 수 있게 따로 날을 잡는 게 좋겠습니다."

"과연. 그럼 구오님, 날과 시간을 정해주십시오."

"아니, 뭐, 그냥 지금 하죠. 예정에 없던 일이라 따로 시간을 빼기도 좀 그러니까요."

"괜찮겠습니까?"

"예. 바로 시작하는 길로 합시다."

"그럼 장소를 이동하겠습니다."

그들은 서로 합의하에 대전 전용 공간으로 이동했다. 구오 쪽은 쇼부와 상큼청춘이 따라왔고, 모잠 쪽은 다른 과비크의 유학생 동료들과 함께였다.

모잠은 자기 키보다 약간 긴 창과 버드나무 잎처럼 긴 방패를 들었다. 세우면 사람을 완전히 가릴 정도로 큰 방패인데, 위쪽 부분에 작은 홈이 파여 있는 것이 전신을 가릴 경우 그 홈으로 밖을 보게 되어 있는 모양이다.

구오는 한 손으로 휘두를 수 있는 길이 50센티미터 정도의 작은 검을 들었다. 검날의 폭이 좁아서 꼬챙이와 비슷하게 생겼지만 날이 확실하게 양쪽으로 붙어 있어서 찌르기와 베기가 모두 가능했다.

"그럼 시작하죠."

구오가 말하자 모잠은 방패로 몸을 완전히 가린 채 창을 앞으로 겨누었다. 그 상태로 살금살금 앞으로 나오는데 방패를 세웠다가 기울였다 하는 게 무슨 주술적인 의식을 행하는 것처럼 보였다. 사람은 보이지 않고 방패만 보이는 상황.

구오는 검을 아래로 늘어뜨린 채 가만히 서서 방패를 보았다. 방패에 파인 홈으로 모잠의 시선이 느껴졌다.

붉게 빛나는 것처럼 보이는 살기 어린 눈. 정말로 적을 만나 필살의 각오를 다지는 전사의 눈빛이 바로 저렇다.

구오는 방심할 수 없음을 깨닫고 앞으로 검을 내민 채 서서히 걸음을 옮겼다.

두 사람이 점점 가까워지자 구경하는 사람들마저 공기가 무거워지는 느낌이 들었다.

꿀꺽.

상큼청춘이 참지 못하고 침을 삼켰다. 그것이 신호가 되었다.

순간적으로 둘이 동시에 몸을 날려 서로 스치고 지나갔다.

파팍!

구오는 다시 몸을 돌린 채 검을 겨누었다. 모잠 역시 몸을 돌려 구오에게 창을 겨누었다. 그러나 그의 방패는 이미 깨어져 아래쪽 절반이 없었다.

그리고 모잠의 몸이 스르륵 옆으로 무너져 내렸다.

"모잠 소위!"

우쿠타가 얼른 뛰어가 쓰러진 모잠을 안았다. 그의 눈에는 믿기지 않는다는 감정이 여실히 떠올라 있었다.

"어떻게 이런 일이! 소위는 왕국 최고의 전사가 아닌가!"

저쪽에선 난리가 났다. 우쿠타뿐 아니라 다른 사람들도 모두 모잠을 둘러싸고 어쩔 줄 몰라 했다. 그들은 내심 승리를 확신하고 구오를 수하로 거두기 위해 온 것이다.

그러나 승부의 세계는 냉혹한 것. 모잠은 완전히 의식을 잃고 쓰러졌고 구오는 멀쩡하게 서 있으니 누가 봐도 구오의 승리다.

"끝났어요."

구오는 쇼부와 상큼청춘 앞으로 걸어오며 말했다.

"우씨, 어떻게 했는지 하나도 안 보였잖아. 느린 화면으로 돌려 봐야지."

상큼청춘이 투덜대자 쇼부도 동감이라는 듯 고개를 끄덕

였다.

"별거 아니에요. 봐도 재미는 없을걸요. 저쪽은 창으로 제 심장을 찌르려 했고, 전 검으로 저쪽 심장을 찔렀어요."

"넌 피했고?"

"예. 임피와 싸울 때에는 첫 창을 피하느냐 못 피하느냐로 승부가 나거든요. 뭐, 알고 보면 단순한 찌르기예요."

"그런 건가?"

단순한 찌르기. 하지만 그걸로 사자를 잡을 수 있다면 그건 절대 단순하지 않을 터이다.

쇼부는 의아한 눈으로 구오를 보았다.

"사실 진짜 임피라면 .일단 찌르면 절대로 못 피해요. 그러니 승부를 내려면 찌르지 못하게 해야 하는 거죠."

"찌르면 절대 못 피한다라……."

"정확하게 말하면 절대 안 빗나가는 상황에서만 찌르죠. 그게 빗나가면 지는 줄 뻔히 아니까요. 하하하!"

구오는 웃었다.

모잠의 실력이 대단한 건 확실하지만 그는 아직 진정한 임피의 경지가 아니다.

처음 봤을 때에는 혹시나 했는데 무기를 들고 대치하니 확실하게 그걸 알 수 있었다. 역시 정식 임피에 비해 가상공간에서 따낸 임피는 조금 모자란 감이 있다.

"사실 저쪽이 실수한 게, 전 임피의 싸움법에 대해 잘 알아요. 그러니 제가 좀 유리한 거죠."

구오가 씨익 웃으며 살짝 혀를 내밀었다.

만약 임피에 대해 전혀 모르는 상황에서 만났다면 상당히 위험했을지도 모른다. 그러나 이미 상대의 수법을 아니 능력만 되면 대처가 가능한 것이다.

그때 기절했던 모잠이 깨어났다.

모잠은 동료들의 부축을 받으며 겨우 몸을 일으켰다. 그리고는 앉은 채 잠시 멍하니 자신의 깨어진 방패를 보다가 문득 생각이 난 듯 구오에게 시선을 돌렸다,

"혹시 구오님은 서울사우나 출신이십니까?"

"어, 저희 문파를 아세요?"

"이런, 몰라 뵙고 실례했습니다."

"서울사우나?"

정중하게 인사를 하는 모잠과 황당한 눈으로 구오에게 묻는 상큼청춘의 반응은 대조적이었다.

"너네 문파 이름이 서울사우나야? 그 목욕하는 사우나?"

"이, 그건 제 사부의 사부가 동료 분들과 하던 가게 이름이에요. 저흰 정식 문파 이름 같은 건 없어요. 하하하!"

"근데 왜 저 사람이 서울사우나를 알아?"

"제 사부가 과거에 세상을 떠돌며 대결을 했는데, 그때 어디 출신이냐고 물으면 그렇게 대답했다네요. 참고로 제 사부님은 젊었을 때 서울사우나에서 장님 안마사로 일하셨고요."

"장님 안마사?"

"가짜 장님이죠. 선글라스 진한 거 끼고 사람 몸을 주무르며 인체구조학에 대한 수련을 하셨거든요."

"그렇구나."

그때야 상큼청춘은 납득을 한 듯 고개를 끄덕였다. 그러나 그녀는 구오가 이 일에 대해 대충 설명했다는 것을 알 리가 없었다.

60여 년 전, 세상에서 가장 강하다고 평가받는 네 사람이 모여 미국 첩보부에 한 가지 기획서를 제출했다.

그것은 바로 궁극의 체술 개발과 최종 인간병기의 육성이었다.

미국의 첩보부에서는 이 기획을 받아들여 거액의 지원금을 이들 네 사람에게 주었다. 기획도 기획이지만 이들 네 사람이 미국에 협조적으로 활동을 한다는 것에 기대를 한 모양이다.

그런데 이 네 사람이 돈을 받아먹자마자 감쪽같이 사라져버렸다. 한마디로 먹고 뛴 것이다.

먹튀를 당하면 액수에 관계없이 기분이 극도로 나빠진다.

미국 첩보부는 자존심을 걸고 네 명의 사기꾼을 찾아다녔는데, 결국 이들을 찾아내기까지 20년의 세월이 걸렸다.

놀랍게도 이들 네 명은 통일한국의 수도인 서울에서 건물 하나를 소유, 그곳에서 제각기 장사를 하고 있었다.

아프리카의 임피 출신인 투스카는 외국인 사교 클럽을 경영하며 입구에서 기도를 서고 있었다.

러시아의 황궁 레슬러의 후예인 실게이는 고급 헬스클럽의 수석 트레이너였다.

중국 권법의 비술 전승자 진충 노사는 중국 요리집 비룡각의 오너 요리사인데, 수타 자장면으로 명성을 떨치는 중이었다.

그리고 구오의 사조인 최인은 서울사우나를 경영하며 한편으로는 마사지 전문가로 행세하고 있었다.

이렇게 과거의 최강자 네 명이 미국에서 사기를 쳐 뜯어낸 돈으로 새로운 인생을 즐기며 유유자적하게 살고 있자 미국 첩보부는 거센 분노를 느꼈다.

그러나 이들 네 명은 자신들을 찾은 미국 첩보부원에게 당당하게 말했다.

"기획서대로 궁극의 체술도 개발하고 최종 인간병기도 육성했거든. 절대 사기가 아니라니까."

그렇게 말하며 그들이 세상에 내놓은 인물이 바로 구오의 사부인 마영운이다.

마영운의 경우, 어릴 때부터 이들에게 혹독한 수련을 받았다. 지겨운 산속 수련을 끝내고 겨우 세상에 나오니 네 명의 사부가 제각기 사업을 하고 있었기에 그 역시 첫째 사부인 최인 밑에서 마사지사를 하는 중이었다.

그런데 얼떨결에 자신이 최종 인간병기임을 세상에 입증해야 하는 팔자가 되었다.

단순히 전 세계 실력자들과의 대결뿐 아니라 미국정보부 비밀본부에 단신으로 침투한다든지, 대 테러용 특수부대 하나를 싹 쓸어버린다든지 하는 식으로 꽤 여러 가지 악의적인 입증 과정을 거쳐야 했다.

그리고 몇 년 후, 마영운은 한국으로 들어와 국내의 쓸 만한 자질을 지닌 인재를 찾아 그가 일찍이 당했던 것처럼 제자에게 혹독한 수련을 시켰다.

'으, 내가 재수가 없어도 정말 없었지. 어쩌다가 사부님 눈에 띄어 그런 지옥을 경험했어야 했냐 이거야. 쩝, 그래도 지금 도움이 되긴 하니까 완전 손해는 아니군.'

무술을 배울 때에는 정말 죽을 맛이었는데, 이제 자신을 위해 잘 써먹다 보니 그때의 고생이 헛것은 아니란 생각에 위안이 되었다.

그래도 다시 그곳으로 돌아갈 생각은 조금도 들지 않았다. 제2대 최종 인간병기라 불리고 싶은 욕망도 없었다.

어쨌든 구오가 배운 무술에는 임피의 싸움법도 모두 담겨 있다. 그런 만큼 모잠이 손해를 본 것도 당연하다.

우쿠타도 서울사우나에 대한 이야기는 알고 있는지 정중하게 경례를 하며 말했다.

"서울사우나 출신이라면 임피 투스카의 후예, 선대 전사의 후예에게 우쿠타 중위가 경례합니다.”

“아니, 그렇게 딱딱하게 구시지는 말고요. 어쨌거나 이걸로 된 거죠?”

“물론입니다. 저희 열두 명의 과비크 유학생들은 유학 기간 동안 구오님의 수하임을 약속드립니다.”

“잘 부탁드립니다.”

한 건 했다. 과비크의 군인들이라면 즉전력이 아닌가. 레벨 역시 높을 것이 뻔하다.

구오는 만족의 미소를 띠며 그들 전원과 일일이 악수를 나누었다.

마지막으로 아직 제대로 서지 못하고 있는 모잠과도 악수를 했는데, 그때 구오는 모잠에게 말했다.

“사자와 싸우는 기술은 익히셨는데 사자의 혼을 얻지는 못했군요. 하긴 가상공간에서 만들어낸 사자에 혼은 없겠지요.”

의미심장한 말이다. 옆에서 듣고 있던 쇼부나 상큼청춘은 이게 농담인가 하고 고개를 갸우뚱했나.

그러나 모잠은 그 속에 담긴 의미를 알고 있는 듯 갑자기 두 손으로 바닥을 짚고 머리를 땅에 박으며 외쳤다. 군복을 입고 해서는 안 되는 동작이지만 그는 이미 군인이 아닌 부족 전사의 마음으로 돌아간 모양이다.

“가르침을 주십시오!”

"이런, 그건 쉽게 가르쳐 줄 수 있는 게 아니지 않습니까? 하지만 언젠가 사자를 만나게 되면 그땐 말씀드릴 수 있을 겁니다."

"기다리겠습니다."

모잠이 다시 절을 하고 억지로 몸을 일으켜 한쪽에 섰다. 역시 80% 현실 모드 대전이라 고통을 참기가 쉽지 않은 모양이다. 하기야 100%였다면 죽었을지도 모른다.

[어이, 구오 선생님. 사자의 혼을 얻는다는 게 뭔 소리지? 이해하기 어려운 건가?]

쇼부의 귀엣말이 들려왔다. 그 역시 무술에 관심이 남다른 몸, 호기심을 참기 어려운 모양이다.

[별건 아니에요. 우리 동양 쪽에선 기공을 수련하잖아요. 마찬가지로 아프리카의 전사들은 혼을 수련해요. 사자의 혼을 얻는다는 건 그 경지 중 최고에 도달한다는 뜻인데, 이 사람은 아직 최고가 못 된 거고요. 지금까지 자기가 최고 경지라고 믿고 있다가 내가 말해주니까 겨우 아니라는 걸 안 거예요.]

[오, 그럼 넌 최고 수준인 거야?]

[전 혼 수련을 주로 한 게 아니라 기공 쪽으로 했거든요. 좀 다르죠.]

[어렵네. 쩝.]

[대충 그런 거예요. 하하하!]

그렇게 귀엣말을 주고받는 사이 모잠이 완전히 정신을 차리고 몸을 가누게 되자 우쿠타는 다시 한 번 일행을 정렬시켜 구오에게 경례를 했다.

그 뒤에 우쿠타 일행은 모두 길드에 가입을 하려 했지만 쇼부가 말렸다.

"이건 비밀로 하는 게 더 나을 것 같아. 과비크 유학생이라면 길드에 들지 않고 행동해도 아무도 무시하지 않을 테니 따로 움직이다가 유사시에 합치자고."

"말하자면 별동대인 셈이네요?"

상큼청춘이 웃으며 말했다. 그녀도 쇼부의 의견에 찬성인 듯했다.

"저희는 상관없습니다. 정당한 승부로 인한 계약인만큼 전사의 명예를 걸고 구오님이 필요로 하면 언제든지 달려오겠습니다."

"그럼 그렇게 하지요."

구오가 승낙하자 우쿠타 일행은 올 때처럼 일사불란하게 길드 사무실을 나갔다.

탁!

사무실 문이 닫히자 구오는 쇼부에게 물었다.

"믿을 만한 사람들인가요?"

"과비크 사람들은 용병 활동도 많이 하는데, 실력과 신용이 모두 최고라 할 수 있어. 아무튼 생각지도 못한 큰 전력인데? 구오 넌 정말 재수가 좋아."

"그래요?"

구오는 자신이 재수가 좋다는 말에 기분이 좋아져 히죽 웃었다. 그러자 쇼부는 살짝 한숨을 내쉬며 말했다.

"그 표정은 정말 재수가 없고. 좀 고쳐라."

"후후훗, 싫어요."

"으그."

떠드는 사이 시간은 흘렀다. 그렇게 구오의 마키오 길드는 또 새로운 인재를 얻었다.

*   *   *

전사학교에서 유료로 실행시켜 주는 승마는 단순히 수치로 나타나는 기술이 아니라 운전이나 각종 운동처럼 몸으로 익혀야 하기에 따로 경험치나 숙련도가 있는 게 아니다.

구오가 구입한 말은 몸집이 크고 힘이 좋은 4년생의 수말이었는데, 전투용으로는 쓸 수 없는 일반 말이지만 갑옷을 입은 구오가 타도 전혀 힘들어하지 않았다.

전투용 말은 단순히 구입을 한다고 끝나는 게 아니라 소환수 등록을 해서 경험치를 나누어 줌으로써 성장을 시켜야 하기 때문에 구오는 일단 승마술만 익히기로 했다.

일단은 본인의 레벨을 올리고 나중에 50레벨이 되어 정식으로 기사가 되면 그때 중급 전투마를 구입할 계획이었다. 중급 전투마는 처음부터 50레벨이니 그때부터 키우면 되는 것이다.

오늘도 구오는 접속하자마자 일단 전사학교부터 갔다.

이제는 속보도 능숙하게 구사할 수 있어 며칠 후부터는 장애물 넘기와 한 손으로 고삐 잡고 타기 등의 전투용의 승마술을 배우기로 했다.

"안녕하세요."

"구오님, 오셨어요?"

먼저 온 다른 학생들에게 인사를 하니 다들 웃으면서 인사를 받아준다. 이들 중 몇 명은 딱히 강해지겠다는 생각 없이 그냥 승마가 즐거워 이곳에서 배우는 중이다.

현실에서는 돈도 돈이고 위험하기 때문에 가상공간에서 이렇게 취미생활을 즐기는 것이다.

"어, 새로 온 분이 계시네요? 안녕하세요."

구오는 못 보던 사람들을 발견하고 얼른 인사를 했다. 인사를 잘해야 예쁨 받는다는 것은 사회생활의 기본이다.

"처음 뵈어요. 저는 피앙이라고 해요."

작고 귀여운 목소리이다.

약간 진한 색의 피부와 어눌한 일본어 발음으로 보아 일본인은 아닌 듯했다. 번역기도 안 쓰고 서툰 일본어를 쓰려고 하는 것을 보니 구오처럼 유학생인지도 모른다.

구오가 다시 피앙을 보니 나이는 구오보다 조금 위로 보였는데, 굉장히 귀여운 생김을 하고 있어 언뜻 여고생으로 보일 정도였다.

발육 부진이라고 해야 할까? 키는 조금 작은 편인데 얼굴을 비롯해 몸 전체가 작은 편이라 몸매에 문제는 없었다. 오히려 딱 달라붙은 하얀 가죽 바지의 각선미가 아주 훌륭했다.

반면 피앙의 옆에 서 있는 남자는 몸무게가 150킬로그램은 나갈 듯한 거한이었다. 키도 2미터가 넘고 근육이 장난 아니다. 프로레슬러라고 해도 믿으리라.

이 사람을 태울 만한 말이 있을까? 구오는 살짝 걱정을 했지만 겉으로는 그런 티를 드러내지 않았다.

"자파라고 합니다."

"저는 구오라고 합니다. 잘 부탁드립니다."

"구오님은 일본인이 아니신가 봐요. 발음이 조금 이상하네요."

역시 고수는 고수를 알아보고 유학생은 유학생을 알아본다.

"예, 저도 유학생입니다. 피앙님하고 자파님도 유학생이시죠?"

"저는 태국에서 왔어요. 여기 자파는 제 보호자예요."

"아, 그러시군요."

보호자? 그러니까 보디가드란 소리군. 피앙이 자파에게 존대를 쓰지 않는 것으로 보아 거의 확실한 듯했다.

인사를 하는 사이 교관이 와서 수업 시작을 알리니 사람들은 제각기 자신의 말을 타고 코스를 돌기 시작했다.

피앙 역시 연습을 시작했는데, 그녀는 이미 승마에 익숙한 듯 처음부터 구오와 같은 상급반 수업에 참가했다.

교관이 구오에게 말했다.

"피앙님은 처음이시니 구오님이 코스를 같이 돌아주십시오."

"예, 알겠습니다."

교관이 구오를 예뻐하고 있었나 보다. 갑자기 아가씨를 붙여주니 구오는 조금 당황했지만 상관없겠지 하고 속으로 중얼거리며 피앙에게 코스를 안내했다.

"자파님은 어떻게 하실 겁니까?"

자파는 이곳까지 피앙을 따라왔다. 그런데 말도 없이 그냥 두 발로 땅을 딛고 서 있는 중이었다.

피앙이 대신 말했다.

"자파는 여기서 기다릴 거예요. 그런 가요."

"예. 그럼 절 따라오십시오."

구오는 더 이상 묻지 않고 천천히 말을 달려 코스를 돌기 시작했다. 숲을 따라 넓게 늘어진 코스엔 상급반에 어울리는 여러 가지 지형이 있어 상당한 승마 기술이 있어야 완주를 할 수 있다.

피앙은 구오의 뒤를 따르며 그가 해주는 충고를 조용히 들었다.

그렇게 30분쯤 도니 처음 출발한 곳으로 돌아왔다. 그때까지 자파는 처음과 전혀 다름없는 팔짱 낀 자세로 서 있었다.

'동상과 같은 남자로군.'

구오는 내심 감탄했다. 저렇게 전혀 움직이지 않고 있을 정도면 단순히 근육질 남자가 아닌 극한의 수련을 거친 무술가나 전사라는 뜻이다.

그럼 저런 사람을 호위로 둔 피앙은 어떤 신분일까? 구오는 문득 호기심을 느꼈다.

'재벌 딸인가?'

그럴 수도 있겠지. 아마도 그럴 거야. 구오는 나름대로 상상을 하고 납득도 했다.

이제는 피앙도 코스를 알았으니 따로따로 자기 페이스에 맞춰 돌면 된다. 구오는 인사를 하고 혼자 출발하려 했다.

그런데 그때 피앙이 손뼉을 짝 하고 치며 말했다.

"생각났어요. 1레벨의 영웅에 나온 구오님이군요!"

"어, 저 아세요?"

"더 지존에 그거 모르는 사람이 몇 명이나 되겠어요. 흠, 사진하고 동영상만 보다가 실물로 보니까 느낌이 새롭네요."

"하하하, 그런가요?"

구오는 무척 쑥스러웠다. 왠지 모르게 뒷머리가 가려워 손으로 살짝 긁고 싶을 정도였다.

반면에 피앙은 구오를 만난 게 반가웠는지 활짝 웃으며 계속해서 말했다.

"기사를 보고 훌륭한 분이라고 생각했어요. 사실 저도 남들처럼 10렙 때 그곳에서 사냥을 했었는데, 구오님의 행동을 알게 되고 무척 후회를 했답니다."

"아하하하!"

이렇게 대놓고 남을 칭찬하는 사람은 처음 본다. 구오는 뭐라고 대답을 해야 할지 몰라 그냥 웃었다.

"그런데 길드를 만드셨다고요? 혹시 저도 가입해도 될까요? 아, 저하고 여기 자파하고요."

'오옷, 손님이다!'

구오는 얼른 정신을 차리고 정중하게 대답했다.

"물론 가입하신다면 환영하겠습니다. 아직 큰 길드가 아니라 어수선한 면이 있지만 다들 좋은 사람들이니 지내기에 나쁘진 않을 겁니다."

"그럼 결정됐네요. 가입 허락해 주세요."

"예, 잠시만 기다리십시오."

구오는 즉시 길드 운영자 창을 띄워 피앙과 자파의 가입 요청 메시지를 보냈다. 곧 띠링 하고 두 사람이 가입했다는 메시지가 들려왔다.

"참, 괜찮으시다면 길드원 신상명세서 좀 기입해 주세요.

안 하셔도 되는데 일단은 하는 게 규칙이거든요."

길드원 신상명세서는 쇼부가 정한 규칙이다. 완전 강제는 아니지만 가능하면 기입하게 하도록 권유를 해야 한다.

일단 그렇게 신상명세서를 작성하면 쉽게 길드를 떠나지 않고 소속감이 강해진다고 한다.

"규칙이라면 따라야지요."

피앙은 그런 걸 싫어하는 성격이 아닌지 순순히 구오가 보내준 신상명세서에 실제 이름과 나이, 직업 등을 적었다.

자파 역시 피앙이 적는 것을 보고는 따라 적었다.

"다 됐어요."

"예, 감사합니다. 일단 제가 보겠습니다. 어엇!"

구오는 피앙의 명세서를 보다가 놀라 탄성을 질렀다. 이름 옆에 있는 나이란에 적힌 숫자가 그의 예상과는 전혀 달랐다.

"한참 누님이시네요. 저보다 한두 살 위인 줄 알았는데, 너무 젊어 보여서 착각한 거군요."

"젊어 보인다기보다는 어려 보이겠죠. 어릴 때부터 그거 때문에 많이 놀림 받았어요. 후훗."

"그럴 리가요. 아무튼 환영합니다."

지금은 수업 시간이니 딴짓을 오래 할 수는 없다. 구오는 일단 짧게 인사를 하고 다시 승마 연습에 들어갔다. 그러나 구오는 코스를 돌면서 귀엣말로 상큼청춘과 열심히 대화를 나누었다.

[누님, 새로 가입하신 분이 태국에서 온 유학생이신데요, 누님과 나이가 같아요. 예, 여성 분이요.]

[어머, 그럼 친구하면 되겠다. 나랑 나이 같은 사람이면 내가 챙겨줘야지. 이름은 뭐래? 어디 학교에 다닌대?]

[신상명세서 적으셨으니 확인하세요. 참, 또 자파라고 같이 가입하신 분이 계신데, 아무래도 피앙 누님을 호위하시는 것 같아요.]

[오호라, 그럼 신분이 범상치 않다는 뜻? 재벌 딸인가?]

[아직 그것까진 안 물어봤어요.]

[그래? 그럼 내가 물어볼게.]

다음날, 피앙과 무사히 친구를 먹은 상큼청춘이 구오에게 놀라운 사실을 알려왔다.

"아, 글쎄 피앙이 말이야, 갸가 공주래, 공주."

"예에?"

"국왕 둘째 따님이니까 공주 맞잖아. 자파는 피앙 공주의 코끼리 사육사이자 보디가드고."

"음냐, 오리지널 공주님 맞네요."

"근데 갸가 참 착하더라. 말하다 보니 기품도 있고 사근사근하게 다른 사람 말을 잘 들어줘."

상큼청춘의 수다는 장난이 아니다. 그걸 잘 들어줄 정도면 착한 거 맞다.

구오가 보니 상큼청춘은 완전히 피앙에게 폭 빠져서 이미 그녀의 친우라 자처하고 있었다. 일본인답지 않게 화끈한 사람 사귐을 하는 특이한 누님이다.

보통 일본인은 마음을 터놓고 대화를 하는 데 최저 3년이 걸린다고 하는데, 이 누님은 세 시간, 아니, 3분 만에 마음을 드러내니 별종은 별종이다.

원래 구오는 현실에서의 자신을 감추었다. 혹시라도 사부가 찾아올지 모르니 절대 현실 신분을 드러내면 안 된다고 결심한 것이다.

그래도 구오 자신이 유학생이라 다른 유학생들이 가입 신청을 하면 기꺼이 받아들였다. 그 결과 마키오에는 각국의 유학생들이 꽤 가입을 했는데, 설마 유학생 중에 공주까지 있을 줄은 생각지 못했다.

"내참, 며칠 전에는 군인이 한 무더기 가입하더니 이제는 공주인가?"

쇼부도 기가 막힌지 허탈한 웃음을 지으며 중얼거렸다. 당삼과 링링도 무척 좋아했고, 특히 링링은 피앙을 몇 번 만나고는 아예 의자매를 맺었다.

"난 공주의 의동생이야!"

링링은 자랑스러운 듯이 그렇게 말했다. 당삼은 손으로 이마를 짚으며 한숨만 내쉬었다.

"얘가 뭐가 되려고 이렇게 권력을 좋아하나."

"오빠! 내가 무슨 권력을 좋아한다고 그래욧!"

"아니, 혼잣말이었어. 신경 쓰지 마."

"흥, 신경 안 쓰게 생겼어요? 아무튼 구오 오빠하고 피앙 언니는 나하고 우리 철화회에서 철저하게 지킬 테니 그렇게 아세요."

철화회는 링링의 학교 애들이 결성한 구오의 친위대이다. 말하자면 팬클럽인데, 피앙도 거기 가입했다고 한다.

구오는 알 수 없는 위기감이 등골을 차갑게 만드는 것을 느끼고 자신도 모르게 어깨를 부르르 떨었다.

*　　　*　　　*

게임 접속을 끝낸 피앙은 굳어진 근육을 풀기 위한 스트레칭과 운동을 끝내고 샤워를 했다.

하얀 타월을 몸에 두르고 나온 피앙은 전자동 미용 세팅석에 앉아 머리를 말리며 핸드폰으로 전화를 했다.

"예정대로 구오님의 길드에 가입했어요. 예, 그럼 당분간 이쪽에서 레벨 업에 주력할게요."

"가능하면 길드원들과의 친목도 신경 써주십시오. 많은 사람과 사귀는 것이 중요합니다. 현실에서의 모임도 추진하신다면 지원하겠습니다."

"현모라……. 나쁘지 않네요."

"그럼 다음 보고 시간에 다시 연락 주십시오. 긴급한 상황에서의 연락은 그림자몽몽님께 귀엣말로 하시면 됩니다."

"예, 그럼 안녕히 계세요."

탈칵.

피앙은 전화를 끊고 이제는 얼굴 마사지를 시작한 기계에 완전히 몸을 맡겼다.

원래 나이보다 훨씬 어려 보이는 얼굴과 체구였다. 젊어 보이는 것이 아니라 어려 보이는 것. 그것은 피앙에겐 트라우마가 되었다.

그러나 이제는 이런 외모가 가장 큰 무기로 생각되었다. 아무도 그녀가 얼마나 열심히 생각하고 계산하는지 상상하지 못한다. 그저 순진한 표정만 짓고 있으면 제멋대로 판단해 버리는 것이다.

멍하니 거울을 보며 생각에 잠겼던 피앙은 어느 순간 풋 하고 웃으며 중얼거렸다.

"유학생이라……. 정말 재미있겠는데?"

역시 공주보단 에이전트가 더 재미있어. 피앙은 그렇게 생각하며 눈을 감았다.

CHAPTER 06
길드 연합

WAR
LORD
워로드구오

　길드가 어느 정도 커지니 확실히 주변의 다른 길드들의 주목을 받게 되나 보다. 그만큼 마키오의 성장이 빠르다는 소리일까?

　어느 날 구오에게 하나의 메시지가 날아왔다.

　그것은 반 제국 서북부 연합 길드장 회의에 참가를 부탁하는 내용이었다.

　구오는 바로 쇼부에게 물었다.

　"연합 길드장 회의가 뭐예요?"

　"어, 그쪽 회의에 참석하라는 메시지가 왔다고? 그건 잘됐다. 우리가 이쪽 지역에 어느 정도 영향력을 행사할 수 있게 되었다는 소리야."

"영향력이요?"

"그렇지. 아무래도 이런 게임은 큰 길드들에 의해 주도되잖아. 그런데 더 지존에서는 지역 친밀도가 있으니 이쪽에서 시작해서 근처 퀘스트를 진행한 사람들이 많은 지역 길드를 무시할 수 없거든."

"그건 알아요."

"문제는 지역 내의 길드들이 서로 싸우면 아무래도 개척이 늦어지니까 지역 길드끼리 연합을 많이 해. 분쟁 해결이나 사냥터 분할 같은 걸 회의에서 결정하지."

"음, 그럼 이쪽 지역의 주도권 경쟁에 우리 마키오가 참가하게 된 거네요."

"그렇지. 아마 소롬 마을 쪽을 거점으로 인정받을 가능성이 클걸."

소롬 마을은 쇼부 일행이 주로 이용하는 곳으로, 구오가 최근 끌어들인 길드원 중 레벨이 가장 높은 부류가 모두 이곳에 집결하고 있다.

소롬 마을로부터 더 바깥쪽으로는 더 이상 거점으로 삼을 만한 마을이나 도시가 없다. 이른바 몬스터들의 땅인 마경 지역이 펼쳐져 있는 것이다.

더 지존의 기본 컨셉은 마경 개척이다. 현재 인간이 사는 곳은 대륙의 외곽뿐이고, 내륙지방으로 들어갈수록 점점 강한 몬스터들이 자리를 잡고 있다.

지금까지 인간이 들어갈 수 없던 지역을 유저들이 개척자 겸 모험가가 되어 탐험하고 개척하면 새로운 마을이 생길 수도 있는 것이다.

그렇기 때문에 더 지존에서 개인 유저가 대부분 모험가로서의 삶을 산다면, 길드는 용병단부터 시작하여 마을을 개발하고 도시를 지배하는 등 시뮬레이션적인 운영을 할 수 있다.

어쨌든 쇼부의 예상으로는 소롬 마을을 마키오의 본거지로 인정하고 그쪽으로부터 개척을 하라는 제의가 회의에서 나올 것 같다고 한다.

"나쁘진 않군요."

"그렇지. 하지만 이렇게 연합을 하면 다른 마을 쪽으로는 함부로 들어가면 안 되는 거다. 특히 새로 생기는 개척 마을의 지배권을 얻기 위해 분쟁을 하기도 힘들어지지. 길드원들이 그쪽 마을에 가서 퀘스트를 진행할 때에도 오해가 생기지 않게 허락을 받아야 하고."

"그러니까 옆쪽 동네 길드와 싸우면 안 된다는 거잖아요."

"그래. 전쟁으로 영역을 확대하려면 연합을 하면 안 돼."

쇼부는 구오에게 의미심장한 미소를 지으며 말했다.

현재 마키오의 전력은 상당한 것으로 쇼부는 판단하고 있었다. 아직 대형 길드라고 하기엔 사람 수가 부족하긴 하다. 그러나 싸움에 능한 유저들이 꽤 모였다.

현실에서 무술을 수련하는 사람들이라 그런지 역시 게임에서도 싸우길 좋아하는 편이다.

본격적으로 전쟁 길드로 키우려면 집단전 훈련을 해야겠지만, 지금으로서도 일종의 소수 정예 무투파 길드가 되어가고 있는 상황이다.

정확하게 말하면 소수 정예 무투파 길드원과 상큼청춘을 선두로 하는 완전 게임을 즐기자 파로 나뉜다. 하지만 무투파 쪽의 전력이 무시할 수 없는 수준이다.

그렇기 때문에 다른 길드에서도 마키오를 주목하고, 더 이상 크기 전에 연합에 끌어들이려고 하는 것이리라. 더 이상 세지면 그만큼 큰 파이를 주어야 하니까. 너무 늦으면 전쟁을 해야 할지도 모르니까.

이 말은 바로 마키오의 성장 속도가 남들의 예상을 초월하는 것이고, 또한 연합을 하게 되면 그 성장에 제한을 받게 되리라는 뜻이다.

쇼부는 구오가 작은 마을 하나에 만족하지는 않으리라 생각하고 있었다.

처음 구오를 만났을 때, 강렬한 눈빛 속에 숨은 밑도 끝도 없을 정도로 깊은 욕심을 그는 읽었다. 그 눈빛은 지금까지 변하지 않았다.

구오라면 연합 따위는 필요없다. 싸움으로 주변을 평정할 힘이 있다. 쇼부의 판단과 기대는 그것이었다.

"어떻게 할래?"

쇼부가 묻자 구오는 잠시 고개를 갸웃하다가 다시 물었다.

"그러니까 이 근처에는 지역의 주도권을 확실하게 쥘 만한 큰 길드는 없는 거라는 거죠? 고만고만한 길드들이 옹기종기 모여서 서로 공생공사하자고 하는 상황인 셈이네요."

"그래. 그러니까 우리도 연합을 하던가, 아니면 힘으로 통합을 하던가 해야 될 거야."

"기존 연합이 서로 사이가 좋은 편인가요?"

"그런 것 같더라. 아직 마경을 개척하는 데 힘을 쏟고 있어서 그런지 분쟁은 거의 없어."

상큼청춘이 대답하자 듣고 있던 링링이 손을 들며 말했다.

"구오 오빠, 우리 쟁하자. 연합은 무슨 연합이야. 그냥 다 우리 밑으로 들어오라고 그래."

쟁은 싸움을 의미한다. 게임 속에서는 싸움도 놀이인 것이다. 이에 당삼이 조용히 손을 들어 링링의 목을 끌어안아 당겼다.

"어동생님, 본색 드러내지 말고 계속 조신하게 내숭 떠시죠."

"칫, 그래도 쟁하는 게 재밌지 만날 몹만 잡으면 심심하단 말이야. 이 근처 제조는 구오 오빠가 조기에 박멸을 해서 거의 없잖아. 쟁을 안 하면 사람 잡을 일은 거의 없을 건데 그럼 무슨 재미야."

쇼부도 웃으며 말했다.

"나도 쟁이 좋기는 한데, 짚을 건 짚고 넘어가자. 지금 우리가 연합을 안 하면 주변 길드들이 모두 우리를 적대할 가능성이 커. 그건 각오해야 할 거야."

상큼청춘도 말했다.

"무엇보다 지금까지 우리 길드의 인상이 꽤 좋잖아. 매너 길드라고 말이야. 일단 쟁을 하기 시작하면 아무래도 매너 찾기는 힘들어질 거야."

"그렇지. 최근에 여성 유저들의 가입 문의가 많은 이유가 바로 그 매너 길드 타이틀 때문이니 그쪽을 생각하면 쟁하면 안 되지."

"당삼 오빠, 쟁하면 쟁 좋아하는 사람이 가입할 거 아니에요. 다른 데 욕심내지 말고 길드 힘을 키우는 데 집중해 봐요."

"여동생아, 이 오빠는 외롭다."

당삼과 링링은 언제나 서로 의견이 갈린다. 사람들은 쓴웃음을 지으며 고개를 살살 저었다.

구오는 손으로 머리를 박박 긁으며 말했다.

"일단 회의에 나가볼게요. 나온 사람들 보고 결정하죠, 뭐."

"그것도 나쁘진 않지. 만나보고 마음이 맞으면 동맹이고, 아니면 전쟁인 건가? 하하하!"

당삼이 동의했다. 처음 말한 것과는 달리 그는 어느 쪽도 좋은 듯했다. 하기야 구오가 보기에 당삼도 사람만 좋은 형은 아니다. 막상 싸움이 나면 즉전력이 될 정도의 실력은 갖추고 있다.

"그럼 다녀와서 말씀 드릴게요."

"그래, 결정은 네가 해. 싸우면 싸우는 거지, 뭐. 싸움 나면 언론플레이는 내가 관리할게."

상큼청춘도 별 이견이 없었다. 사실 싸움이 나면 기사거리가 생기는 것이 세상의 이치 아니겠는가? 기자로서 구오의 싸움에 대한 기사를 쓰고 싶은 욕망이 있었다.

구오는 자신에게 모든 결정을 일임하는 사람들을 보고 미소를 지었다. 사방이 적이 되어도 좋다고 말하는 사람들, 이런 사람과 같이 게임을 할 수 있다면 정말 즐거우리라.

*   *   *

3일 후, 구오는 서북방 지역회의에 참석했다. 여덟 길드의 수장이 이미 연합을 했고, 구오는 아홉 번째였다.

기존의 여덟 길드는 서로가 대충 비슷비슷한 규모로 하나가 둘보다 크지 못한 수준이었는데, 그나마 가장 큰 길드는 다크크로스였다.

하지만 쇼부가 말해준 요주의 길드는 따로 있었다.

헬게이트 길드.

길드원 대부분이 싸움에 능하다고 알려진 곳으로, 원래는 주변 길드들과 분쟁이 끊이지 않아 평판이 좋지 않았던 곳이다.

그러나 일단 서북방 연합에 가입하고는 연합의 지침에 충실히 따라 힘이 없는 작은 길드와도 거의 분쟁을 일으키지 않고 매너 플레이를 하려고 노력하고 있다는 소문이다.

쇼부는 말했다.

"내가 마키오에 가입하면서 가장 주의 깊게 본 주변 세력이 바로 헬게이트야. 거기 있는 놈들은 진짜 싸움꾼 냄새가 나거든. 신기한 게, 그런 놈들은 과거 행적이 있어야 하는데 그게 없어. 그런 점에서 조금 수상한 곳이지."

정체를 알 수 없는 고수들이 모인 곳. 쇼부가 경계할 만하다.

회의실의 중앙에는 연합장인 다크크로스의 길드장 블랙원이 앉았다. 그 옆쪽으로 나란히 앉은 사람들 모두 길드장인데, 헬게이트의 길드장인 피엔드 테츠, 속칭 피엔드는 구오의 바로 옆자리였다.

구오의 자리는 가장 끝이었다. 가입한 순으로 앉는 모양이다.

피엔드는 얼굴이 둥글둥글하고 안경을 낀 게 상당히 마니아적으로 생겼는데 구오와 친하게 지내고 싶은지 싱글벙글 웃으며 말을 건넸다.

"구오님이시죠? 소문은 많이 들었습니다. 무술의 고수시라고요."

구오 역시 웃는 얼굴엔 웃는 얼굴로 답했다.

"별말씀을. 피엔드님 정도만 하겠습니까?"

순간 피엔드의 안경 속 눈동자가 날카롭게 빛났다. 구오가 한눈에 그의 실력을 꿰뚫어 본 것에 약간 놀란 모양이다.

구오가 보기에 피엔드는 프로였다.

쇼부는 말할 것도 없고 그가 지금까지 겨뤄본 각 도장의 관장 중에서도 피엔드 테츠를 이길 만한 사람이 거의 없을 것이다. 아니, 그 이전에 실전 능력 자체가 달랐다.

'이자는 실전을 경험한 자다.'

실제 목숨을 걸고 싸워본 사람만이 가지는 살기가 그의 몸에 배어 있었다.

그러나 피엔드는 그 살기를 감추는 데에도 능숙해 보였다. 두꺼운 안경 속의 눈이 다시 둥글게 웃기 시작했다.

"농담도 잘하십니다. 옛날에는 몰라도 이제 전 배가 나와서 이렇게 동생들 뒷바라지나 하고 있지요."

동생들이 현역이라는 소리군. 그런데 당신도 현역으로 보이거든.

'내숭 떨지 마세요, 아저씨.'

구오는 속으로 그렇게 중얼거렸다.

그때 블랙원이 회의 시작을 선언하니 일단 사람들은 잡담을 멈추고 모두 블랙원에게 집중했다.

블랙원은 먼저 구오에게 단도직입적으로 물었다.

"연합에 가입하시겠습니까?"

"가능하면 그렇게 하고 싶습니다만, 아직 자세한 내용을 모르니 대답하기 어렵군요."

"뭐, 별건 아닙니다. 서로 매너 플레이를 하자는 거죠. 게임 목적이 마경 개척이니 가능하면 사람끼리는 싸우지 말고 마경 개척에 집중을 하는 게 좋지 않겠습니까?"

"그건 좋습니다. 하지만 다른 지역처럼 거대 길드 중심이 아닌 중소 길드 연합으로는 결국 한계에 부딪치지 않겠습니까?"

이건 쇼부가 말해준 내용이다. 큰 길드로 통합이 안 되고 작은 길드가 난립한 지역은 종국엔 외세의 침략을 받는다.

블랙원은 웃으며 말했다.

"언젠가는 우리가 모두 합병하여 거대 길드가 될지도 모르지 않습니까? 아니면 다른 지역 길드에게 흡수될 가능성도 있고요. 하지만 나중에 어떻게 되든 적어도 같은 지역에 있는 사람끼리 감정 생기지 않도록 노력하자는 것이 저의 생각입니다."

구오는 그 말에 잠시 대답을 하지 않았다.

원교근공이라고 했다. 세력을 키우려면 가까운 길드를 통합해야지 먼 길드와는 싸워봐야 차비도 안 나온다.

또 한 나무를 크게 키우려면 근처의 비슷한 나무들을 모두 제거해야 하는 법이다. 그래야 영양분을 독점해서 거목이 된다.

그런데 블랙원은 그런 기본적인 일을 알면서도 오히려 거꾸로 말하고 있다. 이상주의자인가?

이상주의자와 손을 잡는 것만큼 힘든 일은 없다. 고생은 같이 하고 복은 같이 누리지 못하는 경우가 비일비재하다.

'역시 거절할까?

그런데 막상 거절하려고 하니 또 마음이 안 내킨다.

구오는 다시 생각했다. 이곳은 유저들의 이해관계로 이루어진 모임이다. 하지만 사고의 폭을 더 넓혀서 더 지존이란 세계의 이해관계를 따진다면 어떻게 될까?

개척자들끼리 서로 세력 다툼을 하는 것은 결코 좋은 일이 아니다. 그럴 시간에 조금이라도 더 마경을 개척하기를 엔피씨들은 원할 것이다.

거기까지 생각하니 답이 보였다. 정답은 아닐지라도 구오가 원하는 답이다.

'그래, 내가 이곳에서 싸워야 할 상대는 몬스터이고, 개척해야 할 땅은 마경이다. 이것도 이상주의인지는 모르겠지만 이쪽으로 가닥을 잡자.'

길드원들의 말도 다 들었고, 생각도 많이 했다. 많은 사람들의 이해관계가 복잡하게 교차한다. 결국 구오는 자신의 마음이 가는 쪽을 택했다.

"알겠습니다. 연합에 가입하지요."

짝짝짝짝!

"오호, 그럼 이제 우리는 한식구로군요. 역시 추천한 보람이 있어."

옆에 있던 피엔드가 박수를 쳤다. 알고 보니 그가 마키오를 지역 연합에 추천한 모양이다.

나중에 따로 알아보니 선수는 선수를 알아본다고, 마키오의 잠재력을 가장 잘 아는 사람이 피엔드였다고 한다.

다른 길드장들도 같이 호응하며 구오에게 가입을 축하한다고 말했다.

구오가 일일이 그들 전원에게 인사를 하며 신참자를 잘 부탁한다고 답례하니 그것으로 연합 가입은 결정되었다.

이제 마키오 길드는 소롬 마을을 거점으로 마경을 개척하고 또 소롬 마을을 주관하여 개발을 할 권리가 생겼다.

물론 다른 길드들이 소롬 마을의 주도권을 빼앗기 위한 수작을 부릴지는 몰라도 연합한 길드들은 맹약에 따라 소롬 마을에 개발 투자나 용병단 설립 등의 활동을 하지 않을 것이다.

또한 유사시 마키오가 도움을 청하면 성심성의껏 도와주기로 했다.

마키오 길드 역시 다른 연합의 마을에 손을 대서는 안 되는 조건이니 일단 대등한 연맹의 계약이라 할 수 있었다.

그 외에 연맹의 이미지를 위해 다른 소규모 길드와의 분쟁도 가능한 한 싸움없이 해결하고, 분쟁이 생길 경우에는 다른 연맹의 길드들이 중간에 서서 중재를 하기로 했다.

가능한 한 많은 사람들이 게임을 즐기게 해주는 서북 지역이 되자는 블랙원의 말이 있었다.

그것으로 회의는 끝났다.

*   *   *

쾅!

"젠장, 설마 그놈들이 가입을 할 줄이야."

피엔드는 헬게이트 길드 사무실에 들어가자마자 책상을 발로 차며 외쳤다.

분명히 전문가들의 분석으로는 구오라는 자가 중소 길드 연합 따위에는 가입하지 않고 독자적인 쟁 길드 노선을 걸을 것이라고 했다.

"그러게 말입니다. 무슨 무술의 고수가 평화 운운하는 데 동의를 하는지 모르겠습니다."

부길드장인 트윈도스도 혀를 찼다.

피엔드 테츠는 의자에 털썩 앉아 책상 위로 두 다리를 얹었다.

"그놈들이 보유한 전력이 아깝다. 그걸 그냥 썩히다니. 크크."

피엔드는 도저히 이해할 수가 없었다.

구오가 무술로 사람들을 끌어들인다는 소문은 이미 퍼져 있다. 헬게이트 길드가 조사한 바로는 마키오의 전력이 그들과 비슷할 정도다.

그 정도 전력을 모을 수 있는 실력자라면, 혹은 그런 힘을 모으는 자라면 당연히 무투파 길드를 지향해야 한다. 본사에서 분석한 결과도 그랬다. 그렇기 때문에 헬게이트 길드는 마키오를 지역 연합에 추천한 것이다.

거절하면 어떻게든 전쟁 분위기로 몰고 가서 연합 전체가 마키오를 분쇄하도록 유도할 계획이었다. 그러면 결국 이 지역 최고 전력의 무투파 길드는 헬게이트가 되는 것이다.

본사에서 이 지역을 통합할 때, 헬게이트가 중심이 되기 위해서는 꼭 필요한 작업이라 할 수 있었다.

그런데 예상외로 마키오는 사양 한 번 하지 않고 덜컥 가입을 했다.

힘있고 야망있는 길드가 뭐가 아쉬워서!

물론 이쪽이 여덟 길드의 연합이니 거절한 뒤에 번거로움을 피하기 위해 가입할 수도 있다.

　그러나 조금만 이런 쪽의 경험이 있는 자라면 일단 이런 식으로 바로 옆 세력과 연합을 하면 결국 자신의 발을 묶는 것과 같다는 것을 알 터이다.

　처음부터 가입을 하지 않으면 몰라도 가입했다가 나가면 박쥐 취급을 당한다.

　"혹시 그 구오라는 놈이 생각보다 겁쟁이인 것은 아닐까요?"

　"그건 아니겠지. 반대로 훨씬 음흉해서 연합을 뒷 작업으로 흡수하려는 것일 수도 있다."

　"그건 아닌 것 같던데요. 제가 보기엔 구오 그놈은 단순무식한 놈입니다."

　"후, 장난하냐? 단순무식한 놈이 그 짧은 시간에 길드를 그렇게 키울 수 있다고?"

　"그건 또 그러네요."

　"머리를 좀 써라!"

　"헤헤헤, 형님. 제가 머리를 써서 뭐 합니까, 칼만 잘 쓰면 되지."

　"크으, 그래. 그럼 넌 계속 칼 써라, 내가 머리를 쓸 테니까."

　"그나저나 이제 어떻게 할까요?"

　"어떻게 하긴, 예상이 틀린 건 본사 쪽이니까 우리 책임은 아니지. 그냥 그대로 보고하고 다음 지시를 기다려라."

"그렇게 하지요."

"참, 그리고."

"예."

"구오란 놈이 생각보다 세 보인다고도 전해. 만약 그놈들을 힘으로 밀려면 전력이 더 필요할지도 모른다고."

"예, 그건 틀림없이 전하죠."

트윈도스는 대답을 하고 바로 방을 나갔다.

혼자 남은 피엔드 테츠는 담배를 꺼내 입에 물었다.

"젠장, 일이 좀 꼬이긴 했지만 그래도 이 지역을 잡는 것은 우리지. 암."

이곳의 잔챙이들은 본사에서 입김만 한 번 세게 불면 그대로 날아가 버린다. 그러니 모든 것은 본사의 계획대로 될 것이다.

피엔드 테츠는 세상의 흐름을 알고 있다고 자신했다. 그리고 그 흐름의 중심에 자신이 속해 있다고 확신했다.

*　　*　　*

"그렇단 말이지?"

오자와는 서류를 검토하며 샤이나에게 반문했다.

"예, 마키오는 서북 연합에 가입했습니다."

"흠, 의외로군. 전략분석부의 예측이 틀린 건 오랜만인데 말이야."

"어떻게 할까요?"

오자와가 뭐라고 하든 샤이나는 업무에 관한 질문을 했다. 외부인을 대할 때와 직속상관인 오자와를 대할 때의 표정과 말투가 너무나도 다른 그녀였다.

그들이 서북 지역에 진출할 때 헬게이트는 그들을 대신해서 표면적인 서북의 패자가 되어야 한다.

그런데 최근에 헬게이트에서 만만치 않은 길드가 있다는 보고를 해왔는데, 그것이 바로 마키오다.

"어디서 나온 줄도 모르는 듣보잡 길드가 사람 골치 아프게 하는군."

오자와는 한숨을 내쉬며 중얼거렸다.

예상을 뒤엎고 마키오가 지역 연합에 가입을 했으니 섣불리 건드릴 수도 없게 되었다. 계획을 수정해야 한다.

잠시 생각에 잠겼던 오자와는 별것 아니라는 듯이 서류를 책상 위에 던지며 말했다.

"당분간 놔두지. 헬게이트에게는 미기오와 친하게 지내라고 해. 가능하면 구체적인 전력도 알아보고 말이야."

"그럼 일단 마키오 건은 보류입니까?"

부수려고 했던 상대를 놔두는 건 평소 오자와의 성격과 일 처리 방식으로 볼 때 이례적인 일이라 할 수 있다. 샤이나는 확인하듯 물었다.

“그래, 전략분석부를 물 먹인 상이라고 할까? 당분간 놔두자고. 하하하.”

“그럼 그렇게 진행하겠습니다.”

일단 명령을 받은 샤이나는 별다른 반문 없이 그대로 몸을 돌려 사무실을 나갔다. 그녀는 비서실로 돌아가 각 부서에 이번 일이 보류임을 알렸다.

명령은 간단하지만 가만히 놔두란다고 신경을 끊고 있을 수는 없다. 전력분석부를 시작으로 여러 부서의 업무 담당자들은 항상 눈을 부릅뜨고 마키오에 대한 정보를 모으고 분석해야 한다.

언제 자신들의 상관이 마키오에 대한 정보를 묻거나 행동을 요구할지 모르는 것이다.

보류란 아직 끝나지 않았음을 의미하니 종결과는 다르게 실무자들에게 하나의 짐으로 작용한다.

혼자 남은 오자와는 소파에 몸을 기대며 서류에 적혀 있는 구오의 기록을 머릿속에 떠올렸다.

“무술의 고수라……. 생각보다 호전적이지는 않은 모양이지?”

또 한 가지 구오에 대한 정보가 그의 머릿속에 추가되었다.

“예상치 못한 성장을 보이는 길드라…….”

오자와는 피식 웃었다.

“열심히 키우라고. 그래야 빠개질 때에도 화려할 테니까 말이야."
　그에겐 이미 구오의 미래가 파노라마처럼 보이고 있었다.
그것은 별로 좋지 않은 미래였다.

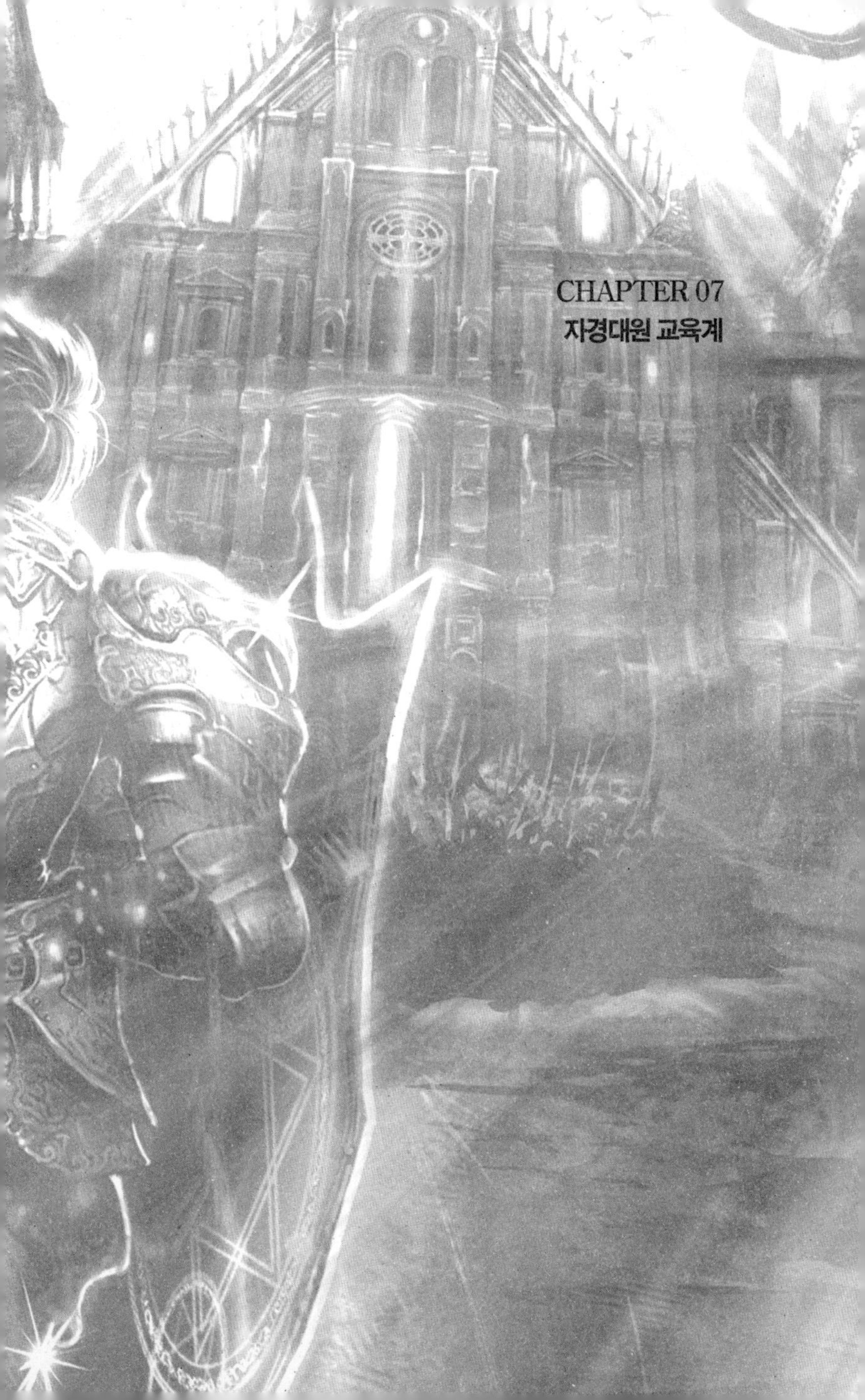
CHAPTER 07
자경대원 교육계

WAR LORD 워로드구오

　오늘 구오는 나싱의 일을 처리하기로 했다. 나싱이 드디어 구오와 같은 레벨이 되었기에 이제는 같이 다녀야 한다.

　구오는 접속을 한 후, 길드 사무실로 가서 사람들에게 말했다.

　"길드에 한 사람 가입시키려고 해."

　"누군데요? 여자예요?"

　감 좋은 링링이 대뜸 물었다.

　"응, 내 먼 친척인데 아주 내성적이라 다른 사람과는 거의 대화를 못하거든. 그래서 이번에 게임을 좀 시켜서 사교성을 키워주려고."

"아항, 하기야 가상공간에 들어오면 없던 성격도 생기니까 그것도 나쁘진 않지."

"상큼 누님 말씀대로에요. 아무튼 그래서 당분간 제가 같이 놀면서 좀 봐줘야 할 것 같아요."

"레벨하고 직업은?"

"46레벨이고 순찰자예요."

"오호, 구오 너하고 같네?"

"예, 하하하!"

"그럼 게임 자체는 너보다 먼저 시작했다는 거군."

성장 속도에서 구오를 따를 유저는 없다. 쇼부는 그렇게 확신하고 있었다. 이 점에 대해서는 구오도 어느 정도 동의할 정도로 그는 빡센 레벨 업을 했다. 하지만 그곳에는 비리가 존재했다.

바로 커플 서비스란 시스템이다. 이제 나싱의 레벨이 구오와 같아져서 커플 서비스를 해지했지만 그동안 구오의 성장도는 그대로 나싱에게 영향을 주었다.

"오빠, 그 언니 빨리 소개시켜 줘요."

링링이 적극적으로 나왔다.

"아직 사람을 조금 가리거든. 일단 조금 나중에 만나게 해줄게."

"칫. 당장은 안 돼요?"

"링링아, 극단적인 내성 소녀라잖니. 너는 너무 자극이 세서 안 된다."

"당삼 오빠! 내가 무슨 자극이 세다고 그래용!"

오늘도 링링과 당삼은 이렇게 시작했다. 둘이 신경전을 벌이는 사이 구오는 나싱을 가입시켰다.

"오옷, 예쁘잖아!"

미리 만들어두었던 나싱의 신상 파일이 길드 기록에 올라가자 쇼부를 비롯한 간부진이 모두 확인하고는 일제히 탄성을 질렀다.

"이야, 유전인자적인 기적이야. 구오 친척이 이렇게 예쁠 수 있다니."

"구오야, 얘 내 사진 모델로 쓰면 안 될까?"

"음, 내가 이 길드에 든 걸 후회한 적은 없지만 정말 잘했다는 기분도 별로 안 들었는데, 오늘 처음 그걸 느꼈다."

"와, 구오 오빠. 이 언니 당삼 오빠에게 소개시켜 주면 안 돼요?"

"아우우우우, 나 외로운 늑대야."

난리노 아니다.

구오는 늑대로 변한 당삼을 보며 속으로 한숨을 내쉬었다. 당분간 이 사람들 앞에 나싱을 데리고 나오는 것은 절대로 하지 않아야겠다고 결심되는 순간이었다.

"아무튼 며칠 동안은 얘랑 놀아줘야 하니까 조금 쉴게요."

"그래라. 큰일도 한 번 치렀으니 여유있게 퀘스트나 좀 하든지 해. 이제 곧 50레벨이지?"

"예, 하하하! 퀘스트는 하나도 못하고 사냥으로만 키워서 기사 전직이 되려나 모르겠어요."

그동안 던전에서 파티로 닥사만 하느라 퀘스트 진행은 거의 하지 못했던 구오다.

지역 엔피씨들에게 좋은 인상을 주려면 어느 정도는 퀘스트를 뛰어야 한다. 기사란 귀족적인 전사이니 전직 조건엔 명성치도 요구된다.

하지만 던전 사냥만으로는 그저 트레져 헌터 명성치밖에 오르지 않는 것이다.

"그럼 이제부터는 기사 전직 조건 채우는 쪽으로 해. 내친 김에 전직까지 하고 말이야."

"그러죠, 뭐."

쇼부의 허락이 떨어졌다. 이것으로 해방이다. 이런 걸 보면 구오는 자신이 길드 마스터인지 노예인지 조금 헷갈리기도 했다.

어쨌든 이제 50레벨을 찍고 기사로 전직할 때까지는 혼자 다녀도 된다.

구오는 길드 사무실을 나와 나싱과의 약속 장소로 향했다. 마을 바깥쪽 으슥한 숲 속에서 둘은 만났다.

"이제 같이 놀자. 하하하!"

"정말요? 헤헤헤."

나싱은 마냥 기분이 좋은 듯했다.

"너 퀘스트 거의 안 했다고 했지?"

"저야 닥사만 했죠."

"나도 그랬으니까 그럼 이쪽 지역 관련 퀘스트를 되는대로 받아서 하자. 지역 명성치가 쌓여야 활동하기 편하지. 또 명성이 올라야 고급 퀘스트도 받을 수 있고."

"오라버니 편한 대로 하세요."

나싱이야 구오랑 같이 놀 수만 있으면 아무래도 좋았다. 그동안 혼자 죽어라고 닥사를 한 것도 그다지 지루하진 않았다. 오히려 수련이 되는 것 같아서 열중할 수 있었다.

하지만 이제는 수련이 아닌 노는 거다. 아무것도 안 하고 수다만 떨어도 즐거울 수밖에 없다.

구오는 일단 자기가 가진 퀘스트 템 중에 쓸 만한 게 있나 찾아보았다.

사냥 도중에 떨어지는 퀘스트 시작 템으로 하는 퀘스트는 간단하면서도 경험치가 좋거나 명성치 없이도 고급 퀘스트로 이어지는 것이 많다.

"이거 할까?"

Quest

용감한 마을 자경대

배경:모험가들이 마경을 개척하니 몬스터가 마을에 오기 전에 다 죽잖아.
그럼 우리 마을 자경대는 뭘로 레벨 업을 하라는 말이야?
어쩔 수 없지. 우리도 원정대를 만들어 몬스터를 사냥하는 거다!
그렇게 궐기한 마을 자경대는 훈련을 위해 마경으로 들어갔다.
그러나 자경대의 힘은 마을 수호석의 힘을 빌려 싸우는 것. 수호석의 영
향권을 벗어나니 그토록 약해 보이던 몬스터들이 너무나도 무섭게 변했다.
"으으, 우리는 약했던 거야."
"튀어!"
자경대 원정대는 좌절하여 도망쳤다. 남은 것은 그들의 용기를 상징하
는 원정대 깃발뿐. 불쌍한 깃발은 몬스터들의 손에 의해 찢어져 버렸다.

수행 내용:깃발 조각을 모아 자경대에게 돌려주어라. 그들에게 위로가
될 것이다.

"내가 사냥하면서 깃발 조각을 다 모았거든. 그러니까 이
거 가져다주면 경험치가 쏠쏠할 거야."
"아, 저도 그거 다 모았어요."
"하하하, 역시 너도 닥사의 내공이 쌓였구나."
구오는 웃었다.
용감한 마을 자경대 퀘스트는 일명 닥사 내공퀘라고 한다.
깃발 조각을 몬스터들이 아주 드물게 떨어뜨리기 때문이다.
일곱 조각을 전부 모으려면 무지하게 많은 노력이 필요하다.
게다가 거래도 안 되니 이걸 다 모은 사람은 그야말로 닥사의
내공이 증명되었다 할 수 있다.
구오와 나싱은 서로를 보며 다시 웃었다.

"그럼 퀘스트를 두 번 할 수 있겠네?"

"그러게요."

두 사람은 두 장의 자경대기를 가지고 마을 자경대 사무실로 갔다. 사무실에는 낡은 가죽 갑옷을 입은 자경대원 셋이 앉아 대낮부터 술을 퍼먹고 있었다.

"제기랄, 레벨을 올려봐야 뭐 해. 어차피 우리는 마을 수호석의 힘으로 싸우는데 말이야."

"맞아. 그냥 이렇게 놀다가 몬스터가 나오면 그때 싸우러 나가자고."

"몬스터가 오기나 하겠냐? 유저들이 보기만 하면 잡아버리는데."

아주 죽이 착착 맞아 신세 한탄이 끊이질 않는다. 옆쪽에 쌓여 있는 술병의 수가 그들의 가슴속에 쌓인 감정을 대변하고 있었다.

구오와 나싱은 그 모습을 잠시 지켜보다가 고개를 설레설레 저었다. 누가 보더라도 한심한 광경이 아닐 수 없다.

"퀘스트나 하자."

"네."

구오는 술 취한 자경대원한테 다가갔다. 그리고는 품속에서 곱게 접어놓았던 자경대기를 꺼내 들었다.

자경대원 중 한 사람이 그걸 보고는 어 하고 놀람의 탄성을 지르고는 손을 뻗었다. 술에 취해 손이 흔들렸다.

"이거 자경대기 맞죠?"

"이게 아직 남아 있었나? 꺽."

자경대원은 술을 깨려는 듯 억지로 트림을 하며 고개를 세차게 흔들었다. 그리고는 두 손으로 깃발을 들고 자세히 살폈다.

"맞네. 우리 자경대기야."

자경대원이 고개를 끄덕이자 바로 구오와 나싱의 귓가에 띠링 하는 시스템 알람이 울렸다.

[퀘스트:용감한 마을 자경대]를 완료하셨습니다. 자경대원들은 이걸 보고 과거의 추억에 잠길 것입니다.

경험치가 상승하셨습니다.

소롬 마을에 대한 명성치가 상승했습니다.

"상당히 쏠쏠하네."

구오는 자신의 상태창을 열어 크게 움직인 경험치 바를 확인했다. 몬스터 수백 마리를 잡아야 얻을 수 있는 경험치였다. 나싱과 나눠 먹어도 이 정도니 혼자 퀘스트를 수행했다면 레벨 업을 했을 것이다.

따로 돈이나 아이템을 보상으로 주지는 않지만 마을 명성치도 오르니 나쁘진 않다.

"나싱, 이제 네가 해."

"예."

구오가 살짝 비켜서자 이번에는 나싱이 나섰다. 나싱 역시 자경대기를 꺼내 드니 자경대원이 다시 탄성을 질렀다.

그런데 그들은 곧 자신이 이미 들고 있는 자경대기로 시선을 돌렸다. 구오가 건네준 것이었다.

"허참, 요즘은 우리 자경대기를 누가 찍어내나? 끄억."

"둘 다 우리 거 맞는데?"

자경대원들은 두 장의 자경대기를 보며 약간 당황한 표정을 지었다. 아직까지 한 번에 두 장을 들고 온 사람은 없었던 모양이다.

그들은 두 장의 자경대기를 번갈아보며 잠시 침묵에 잠겼다. 새삼 과거를 회상하는 모양이다.

그사이 구오와 나싱에게 다시 퀘스트 완료를 알리는 메시지가 떴다. 경험치가 상승하여 드디어 레벨 업을 했다.

자경대원 중 한 사람이 부러운 눈으로 그 광경을 보았다.

"유저는 좋겠수다, 레벨 업도 하고."

구오는 피식 웃었다.

"엔피씨인 여러분도 레벨 업을 할 수 있는 걸로 압니다만."

그 말이 자경대원들을 다시 한 번 상처 입힌 모양이다. 그들은 술병을 들어 술을 벌컥벌컥 마셨다.

"젠장, 그게 말이 그런 거지 쉽게 되는 건 줄 아슈? 우리가 그거 한 번 해보고 싶어서 그 지랄을 떨었는데……."

"이봐, 유저가 우리 심정을 알겠어? 그저 우린 술이나 마시면 되는 거야."

참 신세 한탄도 주거니 받거니 끊이질 않는다. 자경대원들은 말을 주고받으며 다시 술을 마시기 시작했다.

구오는 그 광경을 한심하다는 눈으로 보았지만 곧 생각을 바꿨다.

자경대원들의 말대로 유저가 엔피씨의 마음을 알 수는 없다. 비록 만들어진 인공지능이라도 감정이 생성되었으니 평생 성장할 수 없는 환경에서 좌절하는 것은 당연할지도 모른다.

"그럼 우린 이만 가보겠습니다."

"술 너무 드시지 마세요."

나싱도 자경대원들을 위로하듯 말했다.

그때, 자경대원들 중 한 사람이 고개를 돌려 힐끗 나싱을 보고는 동료들에게 말했다.

"이봐, 이분들이라면 폴의 교육을 맡길 수 있지 않을까?"

"폴을?"

"우리야 이렇게 살기로 했지만 폴은 아니잖나. 그놈이 말은 못해도 몰래 자경대기까지 만들어 가지고 다니던데."

"끄응, 어차피 쓸 일도 없는 건데 뭐 하러 그런 걸 만들어."

사람들은 한숨을 내쉬며 고개를 절레절레 흔들었다.

"그런 소리 말라고. 우리도 그렇게 당하기 전까진 할 수 있을 거라고 믿었지 않은가? 그러니 폴 녀석도 한 번은 해봐야지."

"자네, 새로운 술 동료가 필요한 거지? 아님 물귀신 작전으로 같이 인생의 파도를 맛보게 해주고 싶어서 그런 거지?"

"이놈이 날 어떻게 보고!"

잘하면 싸움 나겠다. 구오와 나싱이 말릴까 말까 살짝 고민하고 있을 때, 다행히도 다른 한 사람이 둘을 말렸다.

"자자, 진정하라고. 이런 건 우리가 결정할 게 아니라 폴 녀석한테 직접 물어보면 되잖아."

"끙, 하기야 그놈이 당사자니 죽든 살든 그놈 복이지."

반대를 하던 대원이 몸을 일으켜 한쪽에 매달려 있는 끈을 잡아당겼다. 그러자 종소리가 울리고 곧 뒤쪽에서 젊은 청년 하나가 뛰어들어 왔다.

"신병 폴, 집합했습니다."

"야야, 적당히 해. 여기가 군대냐?"

"토프 아저씨, 여기 군대 맞는데요."

"아니라니까. 자경대가 무슨 군대야. 헛소리하지 말고, 너, 한 가지만 물어보자."

"뭔데요?"

"이분들 따라가서 몬스터랑 싸워볼래?"

"어! 그래도 돼요?"

구오와 나싱을 돌아보는 폴의 눈이 반짝반짝 빛나고 있었다.

그러자 나이 든 자경대원이 아차 하는 표정을 지으며 얼른 덧붙였다.

"물론 저분들이 허락을 하면 말이다."

띠링, 퀘스트 요청이 왔습니다.

Quest

아직 찢어지지 않은 깃발

배경:시간은 사람을 나이 들게 만드는 한편 슬픈 기억을 추억으로 바꾼다.

자경대에 새로 입대한 폴은 청운의 꿈을 품고 자신의 자경대기를 만들었지만 기존의 좌절한 자경대원들은 폴의 마음과는 다르게 현실에 안주했다.

"언젠가는 기회가 오겠지. 몬스터를 잡아 레벨 업을 할 수 있는 기회가. 그때에는 꼭 폭 렙을 할 거야!'

기회는 예고없이 찾아오는 법. 오늘도 폴은 훈련장에서 목검을 휘두르며 언제 찾아올지 모르는 레벨 업의 기회를 기다리고 있다.

하지만 술만 퍼먹는 기존의 자경대원들은 그런 폴의 노력을 젊어 한때의 객기로 여긴다. 그들 역시 그랬지만 너무나도 허무하게 실패를 했기 때문이다.

아직 한 번도 찢어지지 않은 그의 깃발만이 폴의 심정을 이해하는 듯 외롭게 응원하고 있을 뿐이다.

"어떻수? 퀘스트 받을 거요?"

구오는 나싱을 보았다. 나싱도 구오를 보았다. 둘은 서로 살짝 고개를 끄덕여 보였다.

"받겠습니다. 여기 폴 대원을 보호해서 마을 밖 사냥을 시키면 되는 거죠?"

"그런 거요. 애를 혼자 보낼 수는 없으니 말이오."

"그럼 가도 되는 건가요?"

폴이 노골적으로 신이 난 목소리로 물었다.

"그래라. 장비 챙기고. 빨간 약도 좀 가져가. 마을 밖으로 나가면 조심하고. 넌 네가 생각하는 것보다 훨씬 더 약하다는 걸 잊지 마라."

"알고 있어요."

폴은 알았다고 대답했지만 잘 모르는 보양이다. 마을 경계선 밖으로 나갔을 때의 무력감은 자경대원들로서는 견디기 어려운 것이다.

곧 폴은 검게 칠한 하드레더 아머를 입고 커다란 할버드를 손에 든 채 나타났다.

"끌끌, 겉모양만 보면 어디 성채도시의 기사님인 줄 알겠다."

"저놈이 월급 타서 술도 안 마시고 뭐 하나 했더니 저거 할 부로 긁었구먼."

"헤헤헷, 연장이 좋아야 제대로 하죠."

"이눔아, 그 할버드 내팽개치고 도망치지만 마라."

폴은 고참들의 야유성 농담을 웃음으로 흘려 버리고는 구 오에게 말했다.

"보디가드 선생님, 잘 부탁드립니다."

"보디가드 선생님?"

뭔가 어울리지 않는 말의 조합이다. 구오는 풋 하고 웃고는 폴을 데리고 마을을 나섰다.

"너, 레벨이 40이란 말이지?"

"그렇죠. 이래 봬도 제가 조금만 수련하면 전직도 할 수 있 는 몸이란 말입니다."

폴은 주먹으로 갑옷의 가슴 부분을 탕탕 두드리며 말했다. 이제부터 수련을 해서 레벨 50이 되면 자경대장이 될 수 있다 는 것이 그의 주장이었다. 시골 청년인 폴에게 있어서 청운의 꿈의 종착지는 자경대장인 모양이다.

"우리는 44레벨이니까 같이 파티 사냥을 하면 되겠네. 그 럼 가보자."

"염려 마십시오. 삐리한 몬스터 정도는 이 할버드로 한번 긁어주면 바로 회색이 될 테니까요."

이건 완전 나를 따르라 모드다. 구오와 나싱은 폴이 흥분해 있음을 알았다.

"그런데 너 마을 밖으로 나가면 어떤 식으로 약해지는지 구체적으로 아니?"

"예? 글쎄요. 아! 그러니까 스킬 중 몇 개는 마을 수호석의 힘으로 쓰는 거니까 못 쓰게 되겠죠. 또 명중과 힘 보정도 사라지고요. 체력 자동 회복도 안 되니 아무래도 오래 싸우면 좀 지칠 거예요."

역시 더 지존의 엔피씨는 주제를 잘 파악한다. 이 세계는 엔피씨도 레벨이나 힘, 민첩 등의 수치를 당연하게 생각하는 게임 상식의 세계인 것이다.

그러니까 유저도 쓸데없이 말을 돌려서 엔피씨와 대화할 필요 없이 시스템에 대한 것을 직접적으로 물으면 된다.

구오는 고개를 끄덕였다.

"뭐 그리 심각한 건 아닌 것 같네. 어차피 우리가 사냥을 하면 내가 몸빵을 설 테니까 폴하고 나싱은 지원을 해줘. 그러면 위험하지는 않을 거야."

"옙!"

자신있는 대답 소리. 하지만 이건 근거없는 자신감이다.

구오는 조심하기로 마음먹고 일단 필드에서 사냥을 하기로 결정했다. 던전이 효율은 좋지만 죽으면 답이 안 나오니 언제라도 도망갈 수 있는 환경에서 놀아야 한다.

"그럼 여기서 기다려."

구오는 리자드맨의 구역 입구에 폴과 나싱을 대기시키고 혼자 안으로 들어갔다. 곧 외곽을 순찰하는 리자드맨 셋을 발견할 수 있었다.

"셋은 위험하지."

차라리 구오와 나싱만 있으면 아무 생각 없이 셋을 모두 당겼을 것이다. 그러나 전투력이 입증되지 않은 폴이 있으니 안 된다. 퀘스트 수행 내용 중에는 폴이 한 번도 죽지 않아야 한다는 조항이 있다.

"쩝, 그러고 보니 이건 호위 퀘보다 더 어려운 면이 있군."

구오는 이번 퀘스트의 난이도가 상당하다는 것을 깨달았다.

폴이 얼마나 잘 싸울지가 관건인데, 나름 잘 싸운다고 해도 잘못하면 죽는다. 유저가 엔피씨와 같이 파티를 할 때 가장 큰 문제가 이것이다.

지금은 효율을 생각할 때가 아니다. 오로지 안전! 언제라도 상황을 통제할 수 있는 사냥이 구오 일행에겐 필요한 것이다.

구오는 기다렸다. 세 마리는 안 된다. 최대 두 마리, 가능하면 한 마리.

"샤샤사."

"샤삭."

리자드맨 순찰자들이 갑자기 걸음을 멈추고 서로 대화를

시작했다. 당연히 구오는 전혀 알아들을 수 없는 리자드맨들의 언어다.

곧 그들 중 한 마리가 따로 떨어져 작은 땅굴 속으로 기어들어 갔다. 직립보행을 하다가 작은 구멍에 들어갈 때에는 진짜 도마뱀처럼 기어 들어갈 수 있는 것이 리자드맨의 특성이다.

이때다! 순간적으로 구오는 기회가 왔음을 깨닫고 벌떡 일어났다. 그는 즉시 옆에 있는 사람 머리 두 배만 한 돌을 들어 올려 가슴에 껴안듯 들고는 앞으로 달렸다.

"샥!"

"샤!"

소리에 민감한 리자드맨들이 동시에 구오를 보며 소리쳤다. 동시에 들고 있던 짧은 창으로 구오를 공격했다.

"그래, 그건 맞아줄게 비켜라."

카캉!

두 개의 창은 구오의 어깨 부분과 가슴에 명중했다. 그러나 금속 부딪치는 소리와 함께 튕겨졌다. 견갑과 흉갑의 가상 두꺼운 부분으로 막아 흘려낸 것이다.

"으라차!"

두 마리의 리자드맨을 무시하고 지나친 구오는 크게 기합을 지르며 돌을 구멍 속으로 던져 넣었다.

"쉬악."

구멍 안쪽에서 신경질적인 비명 소리가 흘러나왔다. 이 정도 가지고 죽을 리자드맨이 아니다. 하지만 작은 구멍에 이만한 크기의 돌이 끼면 안에 있는 놈은 나오기 쉽지 않을 것이다.

"하하하, 고생 좀 해라. 난 갈 테니."

구오는 등 뒤에서 다시 가해오는 리자드맨들의 공격을 피하며 도망가기 시작했다.

캬악, 캭, 샤악 등등 온갖 희한한 리자드맨들의 소리가 구오의 뒤를 따랐다. 아마 욕이리라.

살짝 뒤를 돌아보니 두 마리 리자드맨이 따라오고 있었다. 냉혈동물이라 눈에 핏발이 서지는 않았지만 대신 노란 눈동자가 실처럼 가늘어진 것이 이성을 잃을 정도로 화가 난 듯했다.

"제대로 먹혔군."

구오는 달리면서 입가에 미소를 띠었다. 그가 이번에 넣은 도발 스킬은 전사 전용 마법인데, 이게 성공하면 표적의 지능이 낮아지고 대상에 대한 적대치가 증가한다.

가뜩이나 머리 나쁘기로 소문난 하급 리자드맨들에게 다시 지능을 낮추는 기술을 썼으니 이미 이놈들은 본능에 의한 행동밖에는 할 수 없으리라.

곧 구오의 눈앞에 숲이 끝나는 경계선이 보였다. 그 뒤가 바로 나싱과 폴이 기다리는 공터다.

"왔어. 두 마리. 나싱이 한 마리 맡아!"

"옛."

"폴은 나싱 치는 놈을 쳐."

"넵."

"카샤!"

구오가 몸을 돌리니 바로 수풀을 헤치며 리자드맨들이 튀어나왔다.

"마킹, 클린치."

구오가 앞에 나온 놈을 꼬옥 끌어안았다. 마치 이놈은 내 거라고 찜하는 듯했다.

그러자 대기하고 있던 나싱이 뒤에 나온 놈에게 나기나타를 휘두르며 외쳤다.

"빈틈 노리기!"

슈각!

"캬아아아아!"

구오를 노리고 달리던 리자드맨이 나싱의 필살기에 제대로 맞았다. 치명타를 맞은 리자드맨이 바닥에 넘어지며 비명을 질렀다. 그러나 아직 죽은 것은 아니다.

나싱은 다시 연타를 사용하여 리자드맨에게 폭풍 같은 연속 공격을 퍼부었다. 긴 창대 끝에 달려 있는 나기나타의 날이 회전하며 바람을 가르니 위잉 하는 소리와 함께 공격음만 날 뿐, 무기의 날이 거의 보이지도 않았다.

"역시 대단한데!"

구오는 새삼 감탄했다. 나싱의 실력은 익히 알고 있는 바이지만 볼 때마다 놀라게 된다. 알고 보면 나싱은 대단한 수준의 여검객이었던 것이다. 엄밀히 말하자면 여자 닌자인 쿠노이치라고 해야 할까? 어느 쪽이든 그녀의 실력은 진짜다.

"우오오오오! 누님 선생님! 저도 갑니다!"

감탄한 건 구오뿐만이 아닌 모양이다. 폴이 크게 고함을 지르며 할버드를 번쩍 들어 올려 리자드맨의 머리를 향해 내리찍으며 외쳤다.

"마신단!"

쾅!

검은 섬광이 번쩍하며 할버드의 도끼날이 산이 무너지는 기세로 떨어져 내렸다. 그런데 그 도끼날은 리자드맨의 머리에서 한참 벗어난 공간을 가르며 허무하게 땅에 박혔다.

"커헉."

애먼 땅을 도끼로 내려치니 반탄력이 장난 아니다. 폴은 거의 피를 토할 듯한 비명을 지르며 할버드를 손에서 놓았다. 걸음걸이도 비틀거리는 것이 발끝에 돌이라도 걸리면 바로 넘어질 것 같았다.

"샤!"

한참 나싱에게 얻어맞던 리자드맨이 그걸 보고 살기 어린 환호성을 질렀다. 동시에 리자드맨은 나싱을 무시하고 폴에게 달려들었다. 죽을 때 죽더라도 한 놈은 잡고 가야 본전이라는 리자드맨의 행동지침에 따른 공격 대상 선택이었다.

"어억."

폴은 당황한 듯 비틀거리는 상태에서 벗어나지 못하고 두 팔만 버둥대었다. 서둘러 다른 스킬을 쓰려고 하는 모양인데 쓰는 족족 실패가 뜬다.

파칵, 퍽!

"아악!"

리자드맨의 칼이 폴의 몸에 제대로 맞았다. 연이어 왼손에 차고 있던 라운드실드도 폴의 머리를 때리고 지나갔다.

폴은 충격으로 그 자리에 풀썩 주저앉았다. 반쯤 기절한 상태인 듯했다.

"안 돼!"

구오는 급히 몸을 날려 폴에게 뛰어서 내려찍기를 하려는 리자드맨에게 태클을 걸었다. 급한 상황에서 절묘한 타이밍으로 클린치가 먹혀서 겨우 폴은 무사할 수 있었다.

그러나 구오는 자신의 상대를 무시하고 다른 표적을 노린 대가를 받아야 했다. 무엇보다 구오가 쓴 마킹 스킬은 상대가 다른 표적을 노리지 못하게 방해하는 기술인만큼 반대로 구오가 표적을 바꿀 때에도 같은 페널티가 적용되었다. 물론 마킹 스킬도 풀려 버렸다.

"캬샤사사사."

바바바바바바!

리자드맨의 특수 필살 스킬인 난도질이 시전되었다. 구오는 머리부터 발끝까지 도마 위의 생선처럼 칼질을 당했다.

생명력이 불 속에 던져진 눈덩이처럼 순식간에 녹아버린다. 스킬 한 번에 절반의 피가 빠졌다. 치명타를 맞은 것이다.

"구오 오라버니!"

나싱이 급히 소리치며 난도질하는 리자드맨의 옆구리를 나기나타로 훑었다.

그 틈에 빈틈 노리기를 성공시키는 나싱의 상황 판단력은 천부적인 것이었다.

"샤엑."

리자드맨이 비명을 지르며 땅에 쓰러졌다. 죽지는 않았지만 충격이 컸다.

폴은 아직도 정신을 차리지 못하고 있었다. 두 마리의 리자드맨은 약한 놈부터 먼저 치라는 그들 종족의 격언에 충실히 따라 폴에게 몰빵을 하기 시작했다.

스킬은 내려찍기! 쓰러진 자에게 가장 잔인하고 무서운 파괴력을 보여주는 기술이다.

기합과 함께 양다리와 꼬리의 힘을 하나로 모아 최대한 높이 점프한 후, 전신을 허공에서 두 바퀴 회전하며 양손으로 잡은 검으로 상대의 가슴을 노린다. 이걸 리자드맨 두 마리가 동시에 시행하니 마치 서커스의 곡예와도 같아 보였다.

저거 맞으면 폴은 죽는다. 두 개 다가 아니라 하나만 맞아도 골로 간다!

구오는 직감적으로 그걸 느끼고는 이를 악물었다. 스킬이고 뭐고 없다. 그는 그대로 몸을 날려 쓰러진 폴을 몸으로 덮었다.

또한 나싱도 이게 얼마나 급한 상황인지를 아는지라 품속에서 하나의 약병을 꺼내 리자드맨에게 던졌다.

퍽, 화르르륵!

"까샤아아악!"

화염병! 연금술로 만든 고가품이지만 공격력은 제법이다. 무엇보다 불에 민감한 몬스터들에겐 특별한 효과가 있다. 등에 불이 붙은 리자드맨은 스칼을 성공시키지 못하고 땅에 떨어졌다.

뜨겁다기보다는 무서움을 느끼는 듯 연신 땅바닥을 뒹굴며 등에 붙은 불을 끄려 했다. 그러나 화염병의 염료는 한 번 불이 붙으면 잘 꺼지지 않는 특수한 마법 염료다. 괜히 비싼 것이 아니다.

퍽!

"어억!"

상대의 공격 중 하나는 실패했지만 다른 하나는 그대로 구오의 등에 적중되었다. 다시 구오의 생명력이 주욱 빠졌다. 두 개 다 맞았으면 구오 역시 죽었으리라.

다음 순간 구오는 생각했다.

아생후살타! 먼저 내가 산 후에 남을 죽여라.

"튀어!"

구오는 힘차게 외치며 몸을 벌떡 일으키며 폴도 억지로 일으켜 세웠다. 한 마리가 등에 붙은 불 때문에 정신이 없는 지금이 아니면 도망도 가기 어렵다고 판단했다.

구오가 폴을 부축하며 뛰고, 나싱이 뒤쪽에서 쫓아오는 리자드맨을 견제하며 뒤따랐다.

다행히도 전투 시작 지점이 숲의 경계선이라 평야 쪽으로 도망가기 시작하자 리자드맨은 곧 추적을 포기했다. 아무래도 혼자이고 숲이 아니니 전투 의욕이 빨리 가라앉은 모양이다.

"구오 오라버니, 이제 안 와요."

나싱이 돌아가는 리자드맨을 확인하고는 말했다. 그때야 구오는 겨우 뛰는 걸 멈추고 제자리에 주저앉았다.

"으, 다 죽을 뻔했다."

어떻게 이럴 수가 있지? 구오는 한숨을 내쉬었다.

리자드맨 순찰자 두 마리면 구오와 나싱 둘이서도 여유있게 잡는다. 어쩌면 구오 혼자 잡을 수 있을지도 모른다. 그런데 막상 폴이 끼어드니 이 두 마리가 한 다섯 마리로 늘어난 것처럼 무섭다.

'이놈이 이런 폭탄일 줄이야. 에효.'

구오는 이제 겨우 정신을 차리는 폴을 보며 속으로 한숨을 내쉬었다. 쉽지 않은 퀘스트란 건 미리 느낀 바 있지만 이건 상상을 초월한다.

방금 전 구오는 대통령을 보호하기 위해 테러리스트의 총탄을 몸으로 막아내는 보디가드의 기분을 알았다. 폴이 그에게 보디가드 선생님이라고 부른 게 예언처럼 느껴질 정도다.

"어떻게 할까?"

최악의 경우 퀘스트를 포기하는 것도 나쁘지 않을 것 같았다. 폴이 한 번만 죽어도 퀘스트가 실패하는 것인데, 혹시라도 실패했을 때 페널티가 있다고 하면 이건 안 하느니만 못하다. 그리고 지금 상황으로 봤을 때 폴은 죽을 가능성이 높았다. 폴이 안 죽어도 구오가 죽을 것은 거의 확실하다.

반면 성공을 해도 의뢰주가 자경대원인만큼 큰 보상은 없다. 아마 마을 평판이 높아질 것이다.

경험치 보상? 이런 삽질을 하는 사이에 그냥 나싱이랑 닥사를 하는 게 훨씬 이익이란 생각이 뇌리를 강하게 두드렸다.

"음."

구오는 쉽게 결정을 하지 못했다.

그때 폴도 풀이 죽은 모습으로 말했다. 자신이 파티에 민폐를 끼친 것을 알고 괴로워하는 표정이었다.

"죄송합니다, 보디가드 선생님."

그 사과의 말 한마디가 구오의 속을 풀어주었다.

"아니, 뭐, 이런 건 항상 있는 일이니까 그닥 신경 쓸 건 없어. 안 죽었으니 됐잖아. 하하하!"

구오는 웃으면서 대답했다. 좋게 생각하기로 했다. 민폐를 끼친 건 사실이지만 잘못을 인정하고 사과를 하니 감정은 가질 수 없었다.

'그래, 살다 보면 이런 일도 있고 저런 일도 있지. 이번 퀘스트는 효율을 따지지 말고 해보자. 이놈이 조금이라도 자신감을 얻으면 좋은 일 하는 거잖아?'

마음을 비우니 기분이 좋아졌다. 구오는 화제를 돌렸다.

"그런데 말이야, 그 뭐냐, 아까 네가 쓴 그 기술 말이야."

"아, 마신단이요?"

"응, 그거 어디서 배울 수 있지? 전사학교에는 없던데."

"자경대 등록하면 마을 수호상이 가르쳐 줘요."

"어, 그런 경우도 있어?"

"네. 그런데 아까 써보니까 잘 안 되네요. 연습할 때는 틀림없이 명중되던데 말이에요."

"음, 연습이란 걸 수호상 영역권 안에서만 한 거지?"

"그렇죠, 뭐."

"그럼 여기서 한번 다시 써봐. 나랑 대결 모드로 하고 말이야."

"네? 이거 무지 센 기술이라서 제대로 맞으면 보디가드 선생님이라도 위험할 텐데요."

“괜찮아. 이론적으로 내가 만피일 때에는 100레벨 스킬도 한두 방은 버텨.”

“그럼 부탁드립니다.”

폴도 더 이상 사양하지 않고 바로 결투 모드에 응했다. 그리고는 두 손으로 할버드를 높이 치켜들고는 크게 외쳤다.

“마신단!”

위잉, 퍽!

할버드로 곡괭이질을 하는 모습이 이럴까? 일단 자세가 안 나온다.

거기에 정확도는 더 황당. 마신단이 그리는 죽음과 파괴의 궤적과 구오의 머리와는 한참이나 떨어져 있다. 노리고 빗나가게 하려고 해도 양심이 있다면 이렇게 애먼 데를 찍을 수는 없다.

구오는 손으로 이마를 짚으며 고개를 절레절레 저었다.

“역시.”

나싱도 한숨을 내쉬며 말했다.

“안 쓰는 게 닛겠네요.”

폴은 충격이 큰 듯했다. 서로 노려보고 피하거나 막는 상황도 아니고 그냥 서서 맞아주겠다는 사람을 상대로 썼는데 이렇게 빗나갈 수 있다니? 그로서는 믿을 수 없었다.

“으윽, 내 마신단이. 가장 열심히 수련한 일격필살기인데.”

“그거 말고 또 무슨 스킬 있는데?”

“땅쓸기하고 차지봄버가 있어요.”

차지봄버는 들어봤다. 구오는 고개를 갸웃하며 말했다.

“어? 차지봄버는 100레벨 스킬 아니야?”

“그런가요? 저는 그냥 수호상이 가르쳐 주니까 익혔거든
요.”

“그렇군. 수호상의 영역권 안에서는 고 레벨 스킬을 일부
쓸 수 있는 거군.”

“그럼 폴 씨의 스킬은 이곳에서는 전혀 쓸모가 없는 거네
요?”

“그런 셈이지. 다른 스킬도 내가 잘 모르는 걸 봐서는 고
레벨 스킬일 거야. 현재 스킬 공개는 100레벨까지 되어 있으
니까. 어쨌든 그것들은 수호상 영역권 밖에서 쓰면 무조건 실
패한다고 봐야지.”

“크윽, 그런!”

폴은 구오의 말에 땅바닥에 풀썩 무릎을 꿇으며 좌절의 포
즈를 취했다. 애써 익힌 공격 스킬들이 수호상 영역 안에서만
쓸 수 있는 것들이란다. 그 말은 외부에서의 폴은 전투형 직
업이 없는 일반인과 똑같다는 뜻이 된다.

구오는 그런 폴의 등을 툭툭 두드리며 말했다.

“일단 마을로 돌아가서 다른 스킬로 갈아 끼우고 오자. 저
레벨 스킬이라도 있는 게 없는 것보단 나아.”

그러나 폴은 고개를 숙인 채 대답했다.

"못 껴요."

"응?"

"저희들 엔피씨는 보디가드 형님 같은 유저와는 달라서 한 번 익힌 스킬을 갈아 끼우거나 하는 건 못해요. 습득할 때에도 배운 다음에 일정 기간 연습을 해야 쓸 수 있어요."

"어, 그런 거였어?"

"예, 흐흑, 저는 무용지물이나 마찬가지예요."

"쩝, 아니야. 일단 평타만 쳐도 댐지는 나오니까 그리 걱정하지 마. 아니면 나랑 나싱이 싸울 동안 근처에 숨어 있기만 해도 경험치는 받을 수 있으니 레벨 업을 할 수 있어."

"아니라니까요. 저희 엔피씨는 스스로 한 행동만큼만 받을 수 있어요. 가만히 서 있으면 드래곤을 잡아도 경험치는 1점도 안 들어온다고요."

"얼라? 그래?"

마음을 비우려 했는데 이건 빡세다고 생각했던 것보다 더 빡세다. 구오는 속으로 중얼거렸다. 그래도 지금은 그런 티를 내지 않기로 했다.

"야, 폴. 그럼 평타나 죽어라고 쳐. 그럼 경험치가 나올 거 아냐."

"그건 그렇지만……."

"그럼 됐어. 100마리든 200마리든 잡으면 되니까. 다시 가자."

구오는 더 이상 말을 길게 끌지 않고 아까 그 장소로 이동하기 시작했다. 폴이 더 이상 자신감을 잃기 전에 한 마리라도 잡아야 할 것 같았다.

폴은 주저주저하면서도 구오가 강인하게 이끄는 모습에 어쩔 수 없이 따라왔다.

"여기서 기다려. 다시 끌고 올 테니까. 잊지 마. 절대 스킬을 쓰면 안 돼. 욕심 부리지 말고 냉정하게 한 대씩 제대로 때려. 알았지?"

"알았어요."

"잠깐만요, 구오 오라버니."

구오가 숲 안으로 들어가려 하자 나싱이 나섰다.

"응? 왜?"

"제가 끌고 올게요. 저 활 있거든요."

"오, 활?"

"예. 그리고 덫도 있으니 두 마리 있으면 한 마리는 덫으로 떼어놓고 올 수 있어요."

"오호, 그럼 부탁해."

역시 순찰자 직업은 여러 가지 도구를 쓸 수 있어서 좋다. 아까의 화염병도 그렇고 덫이나 독도 쓸 수 있다. 아무래도 나싱은 덫에 관한 스킬도 장착하고 다니는 모양이다.

구오의 허락이 떨어지자 나싱은 활과 화살을 꺼내 들고 조심스럽게 숲 안으로 들어갔다. 그리고 조금 있자 나싱이 뛰어나오며 외쳤다.

"한 마리 와요!"

"좋았어!"

한 마리라면 안심이다. 마킹과 클린치가 있는 한 어떻게든 폴의 안전을 책임질 수 있는 것이다.

구오는 나싱을 뒤따라오는 리자드맨 순찰자에게 마킹을 쓴 후 와락 끌어안았다. 그리고 다시 도발을 쓰니 리자드맨은 처음 표적인 나싱 따위는 머릿속에서 완전히 지우고 오로지 구오만을 철천지원수처럼 여기는 눈빛으로 칼질을 해댔다.

그걸 나싱과 폴이 뒤에서 덮쳤다.

"빈틈 노리기! 맹타! 연타!"

"우오오오, 마신단!"

"야, 또!"

"아차, 어어억!"

폴의 할버드가 다시 땅바닥을 찍었다. 한숨이 절로 나왔다. 구오는 리자드맨의 시선이 폴을 향하는 것을 보고 얼른 다시 클린치를 씨시 리자드맨을 껴안으며 나싱에게 외쳤다.

"일단 이놈 잡아!"

"알았어요."

나싱의 공격력은 장난이 아니다. 애초에 구오가 몸빵을 설 거라고 말했기에 가능한 한 공격력에 몰빵을 했다. 그런 나싱 이 마음먹고 공격에 전념하니 리자드맨의 생명력이 마구 녹아내렸다.

거기에 구오도 한 칼 보태니 리자드맨은 폴에게 칼질을 제대로 해보지도 못하고 회색이 되었다. 역시 한 마리는 어떻게든 된다는 것이 증명된 셈이다.

"휴."

"으윽! 죄송해요, 보디가드 선생님."

"괜찮아. 전투 습관은 쉽게 바꾸지 못하는 거니까. 어쨌든 두 방은 쳤잖아."

분명히 마신단을 사용하기 전에 평타 두 번은 쳤다. 과연 그 두 번으로 폴은 얼마의 경험치를 쌓았을까? 그래도 구오는 태연하게 폴을 위로했다. 마음을 비우기로 결심한 건 이미 처음 도망칠 때의 일이다.

"다시 간다."

"그럼 또 끌고 올게요."

나싱은 재주있는 순찰자였다. 파티원들이 매복해 있는 곳으로 적정량의 몬스터를 유인해 오는 사람을 풀러라고 하는데 나싱은 풀러로서의 역할을 훌륭히 해내었다.

시간이 흘러 구오의 접속 제한 시간이 가까워졌다. 그때까지도 폴은 여전히 평타 중에 흥이 나면 애먼 스킬 사용으로 구오와 나싱의 등골을 오싹하게 만들었지만 그래도 처음보다는 많이 나아졌다.

일행은 일단 사냥을 접고 적당한 산등성이에 자리를 깔았다. 나싱이 미리 준비한 샌드위치와 음료, 그리고 과자 등을 내놓으니 이제는 피크닉 분위기가 되었다.

"이제는 꽤 잘 때리네."

"헤헤, 그렇지도 않아요. 사실은 정말 힘들거든요. 습관적으로 스킬을 쓰고 싶어서요."

"하기야 전사에게 스킬은 원초적 본능이라고 할 수 있으니까. 아무튼 이렇게 하면 얼마 안 있어서 레벨 업을 할 수 있을 거야."

"정말 감사합니다, 보디가드 선생님."

"그냥 구오 형이라고 불러."

"그럴까요? 구오 형."

엔피씨가 형이라고 부르니 기분이 조금 묘하다. 그래도 폴과 꽤 정이 든 구오였다. 나싱 역시 구오와 같이 플레이를 해서 기분이 좋은 듯 사과를 깎으며 미소를 지었다.

그렇게 퀘스트 수행 첫날이 끝났다.

그다음 날, 구오는 접속을 하자마자 다시 나싱과 폴을 데리고 숲으로 갔다.

더 이상 말을 할 필요는 없다. 오로지 닥사만이 있을 뿐이다. 이제는 폴과 호흡이 제법 맞아서 두 마리도 어떻게든 된다. 두 마리가 오면 구오가 때리는 놈을 폴이 같이 상대하고 나싱이 혼자 한 마리를 처리한다. 그러면 폴이 스킬 삽질을 하지 않는 한 안전하다.

일단 두 마리가 가능해지니 몬스터를 끌고 오는 게 더욱 편해졌다. 사냥 속도도 훨씬 빨라졌다.

어느 순간 드디어 폴의 이마에 핑 하고 작은 섬광이 나타났다. 레벨 업의 표식이다.

동시에 구오와 나싱에게도 메시지가 떴다.

Quest

아직 찢어지지 않은 깃발

내용:자경대로 돌아가 보고를 하시오.
보상:자경대 평판 대폭 상승. 경험치 증가.

"야호!"

셋은 일제히 환호성을 질렀다. 생각보다 경험치 증가가 크지는 않았지만 그래도 폴이 레벨 업을 했다는 것 자체가 좋았다.

구오는 가슴이 탁 트인 기분이 되었다. 해방감과 성취감이 동시에 느껴졌다.

"고맙습니다, 형님, 누님. 저는 이제 자경대로 돌아가 보고를 할게요."

"그래, 수고했다."

"폴님, 고생하셨어요."

폴이 다시 감사의 인사를 했다.

"두 분 덕분에 자신감이 생겼어요. 이제 계속 노력해서 언젠가는 꼭 자경대장이 될 겁니다."

"그래그래. 넌 할 수 있어."

구오는 폴의 등을 손으로 툭툭 두드리며 말했다. 그러다가 문득 생각이 나서 다시 물었다.

"그럼 레벨 업 또 할 거냐?"

"그렇죠, 뭐."

"그러니까 또 다른 유저들하고 같이 나와서 사냥하려고?"

"예. 다른 자경대 선배들하고 오고 싶지만 스킬을 못 쓰니 아무래도 유저 분들에게 부탁을 해야 할 것 같아요."

띠링.

명랑한 방울 소리와 함께 또다시 퀘스트 알림판이 눈앞에 떴다.

Quest

아직 찢어지지 않은 깃발 2

배경:희망은 새로운 희망을 부른다. 자경대에 새로 입대한 폴은 청운의 꿈을 품고 자신의 자경대기를 만들었지만 기존의 좌절한 자경대원들은 폴의 마음과는 다르게 현실에 안주했다.

"으윽, 이거 반복 퀘였잖아."

구오는 후두부에 상당한 충격을 받고 비틀거렸다. 이런 삽질 퀘스트를 반복해서 하라니, 이건 정말 너무한 것 같았다.

폴은 구오의 심정을 이해하겠다는 듯 머리를 살짝 숙인 채 말했다.

"형이 안 하셔도 돼요. 십시일반이라고 다른 유저 분들께 부탁해 볼게요."

"그건 아니라고 봐."

구오는 한숨을 내쉬며 고개를 좌우로 저었다.

"이게 문제는 네가 안 죽어야 되는 건데, 다른 유저들이 그걸 성공시키리란 보장이 없잖아."

"그거야 어쩔 수 없죠. 하는 데까지는 해볼 겁니다."

폴은 머뭇거리면서도 결심이 흔들리지는 않는지 주먹을

꾸욱 쥐었다.

사실 더 지존에서는 엔피씨도 완전히 죽지는 않는다. 자연사라면 다시 부활하지는 않지만 사냥을 하다 죽거나 유저에게 죽임을 당하면 일정 시간이 지난 후에 자기 집에서 다시 살아나는 것이다.

단지 그럴 경우 쇄약 모드가 되어 일정 기간 동안 거동을 못한다. 또한 본능적으로 죽음을 두려워하게 되어 있어 아주 특별한 경우가 아니면 절대로 목숨을 건 행동을 하지 않게 되어 있다.

폴은 지금 죽어도 어쩔 수 없다고 했다. 일찍이 자경대원들의 결심도 그랬지만 폴의 각오는 굉장히 이례적인 것이라 할 수 있다. 지난 며칠 동안 폴과 같이 사냥해 온 구오였기에 그런 각오를 엿볼 수 있었다.

"흠."

구오는 입을 다문 채 옆에 서 있는 나싱을 보았다.

"나싱, 내가 모처럼 너랑 같이 다니기로 해서 원래는 이곳저곳 돌아다녀 보려고 했는데 말이야."

나싱이 미소를 지었다,

"이게 재미있어요. 갈수록 구오 오라버니와 호흡을 맞아가니까요. 우리 돌아다니지 말고 이 퀘스트 계속해요."

"으음, 그럴까?"

"예, 그리고 폴님이 저를 누님이라고 불러서. 헤헤헤."

나싱의 볼이 살짝 붉어졌다. 폴의 나싱에 대한 아부는 상당한 성과를 이루었나 보다.

하기야 구오도 폴에게 형이라고 부르라고 한 후에는 정말 동생 같은 느낌이 들었다.

단순한 퀘스트 대상이 아닌 동생이기에 이런 고생을 마다하지 않았고, 또 폴이 레벨 업을 했을 때에도 퀘스트가 끝났다는 성취감과 함께 폴의 성장에 대한 기쁨도 같이 느꼈다.

"훗, 알았어. 이 퀘스트, 우리 둘이 끝을 보자."

"오옷, 형님, 누님, 그게 정말이신가요?"

폴은 감격한 눈망울로 되물었다. 사실 폴도 미안해서 말을 못했을 뿐, 구오와 같이 사냥하는 것이 좋았다. 구오가 묻기에 퀘스트 창을 띄웠는데 정말로 구오가 그걸 받겠다고 할 줄은 몰랐다.

"그래, 그래도 지금은 처음보다 훨씬 좋아졌잖아. 이제는 스킬을 전혀 안 쓰니까. 하하하!"

"쩝, 그러게요. 이러다가 마을 안에서도 스킬을 안 쓰게 되는 거 아닌지 모르겠어요."

"마을에서의 일은 나중에 생각하고 당분간은 쓰지 마."

"그럴게요."

"그럼 계속 간다."

구오는 퀘스트를 수락했다.

갈 때까지 가보자. 10레벨, 아니, 9레벨!

나름 처절한 심정이 되었다.

일단 퀘스트를 받았으니 이제는 정말 진지하게 고민을 해야 한다.

'다른 사람들도 좀 불러서 하면 편할까?

풀 파티를 만들어서 사냥을 하면, 하다못해 힐러라도 한 명 있으면 훨씬 편할 것이다.

그러나 구오는 곧 그 생각을 접었다.

겨우 호흡을 맞춘 세 사람 사이에 다른 유저가 끼어들면 꼭 좋으리란 보장이 없다. 호흡이 안 맞는 사람이 잘못 들어오면 다 죽는다. 호흡을 차츰차츰 맞출 수도 없는 게 폴이 죽으면 만사 땡이다.

그리고 이런 삽질 퀘스트에 누구를 끼워 넣을 것인가! 그 사람에게 미안해서 못할 짓이다.

무엇보다 나싱은 아직 다른 사람과 파티 사냥을 하고 싶어하지 않는다. 그 생각이 들자 구오는 나싱을 보며 말했다.

"조금 힘들겠지만 그냥 우리끼리 하자. 괜찮겠지?"

나싱이 밝은 목소리로 대답했다.

"그럼요. 지금까지도 잘해왔잖아요. 하다 보면 금방이에요."

"그렇지. 그게 닥사의 무서운 점이지."

닥사를 하다 보면 시간을 잊는다. 무아지경이라고 할까?

문득 정신이 들어보면 레벨은 올라 있고, 품속에 아이템과 돈이 쌓여 있다.

닥사에 중독된 사람이 쉽게 헤어나지 못하는 이유가 여기에 있다. 머리 아프게 퀘스트를 받아서 이리저리 돌아다니고 할 필요가 없는 것이다.

다시 두 명의 유저와 한 명의 엔피씨로 이루어진 파티 사냥이 시작되었다. 던전은 포기하고 오로지 리자드맨의 숲에서 한 구멍을 팠다.

리자드맨은 가장 약한 종류가 순찰자이고 그 위로 전사, 주술사, 오러클이 있다. 안쪽에 사는 던전에는 더욱 무서운 놈들이 있지만 그건 논외다.

구오 일행은 가장 아래쪽인 리자드맨 순찰자와 전사만 노렸다. 마법을 쓰는 놈들은 변수가 심해서 위험할 수 있었다.

순찰자는 40레벨, 전사는 42레벨 정도다. 구오와 나싱에 비해 약한 편이지만 41레벨의 폴에게는 딱 정당하다.

이제는 폴 혼자 한 마리를 감당해 낼 수 있었다. 이기지는 못하지만 나싱과 구오가 한 마리를 처리할 때까지 버틸 수는 있는 것이다.

그래서 작전을 살짝 바꿨다. 한 마리가 남으면 폴이 혼자 버틸 수 있을 만큼은 버티게 한다. 그만큼 폴에게 돌아가는 경험치가 많아졌다.

좋은 일만 있는 것은 아니다. 우선 힐러가 없으니 회복 포
션 값이 예상보다 많이 들었다. 특히 폴이 포션을 많이 먹었
다.

리자드맨을 잡아서 나온 잡템으로는 비용의 반의반도 뽑
기 어려웠다. 그동안 구오가 레벨 업을 하면서 모아놓은 돈의
상당수가 여기서 깨져 나갔다.

그래도 비어가는 포션 병만큼 착실히 경험치는 쌓인다. 구
오와 나싱은 결국 50레벨을 찍었다.

"어떻게 하죠?"

나싱이 구오에게 물었다. 전업을 먼저 해야 할지 폴이 50레
벨이 될 때까지 계속 사냥을 할지를 결정해야 한다.

현재 폴의 레벨은 45. 많이 올리긴 했지만 그가 50레벨이
되려면 아직 한참 남았다. 그런데 이제부터는 같이 사냥을 해
도 구오나 나싱에겐 경험치가 오지 않는다. 오긴 오는데 쌓이
질 않는다. 한마디로 완전삽질이 된다.

"순리대로 하자면 먼저 전업을 하는 게 나은데 말이야."

구오가 고민 끝에 입을 열었다.

"그럼 두 분이서 전업을 하고 오세요. 그러면 사냥도 더 쉬

울 테니까요."

폴도 두 사람의 전업을 원했다.

하지만 구오는 고개를 저었다.

"그렇게 간단한 문제가 아니야. 우선 시간이 많이 걸리고 일단 전업하면 다시 쇼부 형의 지옥 레벨 업 원양어선을 타야 하니까 이런 퀘스트를 하기엔 무리지."

지옥 레벨 업 원양어선! 일단 그걸 타면 내 마음대로는 하선을 못한다. 접속을 하면 바로 던전에서 사냥이 시작되고 나갈 때에도 던전에서 나간다. 보급품도 다른 사람이 구해다 주기 때문에 정말 1분의 낭비도 없이 죽어라고 레벨 업만 해야 한다.

한 달이고 두 달이고 마을에 들어가지 못한다고 해서 원양어선이라는 별명이 붙었다.

구오가 거기서 풀려날 수 있었던 것은 나싱도 나싱이지만 전업 퀘스트를 할 시간이 필요해서였다. 그런 만큼 일단 기사로 전업하면 다시 복귀를 해야 한다. 하루나 이틀이라면 몰라도 폴이 50레벨을 찍을 때까지의 여유는 없는 것이다.

구오의 설명을 들은 폴과 나싱은 동시에 고개를 끄덕였다.

"그랬군요."

"쩝, 설명을 하다 보니 답은 하나네. 일단 폴 업부터 시키자. 나싱, 괜찮겠지?"

"저야 뭐 그쪽이 더 좋죠. 헤헤헤."

　나싱은 애교가 넘치는 웃음을 지었다. 전업을 하면 또 따로 놀아야 될지도 모른다는 말에 불안해하던 참이다. 그녀에게 있어 경험치나 레벨 같은 것은 결국 아무런 의미도 없는 것. 구오와 레벨을 맞춰서 같이 놀 수만 있으면 된다.

　"형님, 그럼 제가 너무 죄송한데요."

　"됐어. 넌 이미 우리한테 많이 미안해도 돼."

　구오는 폴의 뒤통수를 툭 치고는 걸음을 옮겼다. 결정이 났으니 실행에 옮길 차례다.

　대화는 끝났고, 사냥이 다시 시작되었다.

CHAPTER 08
마지막 보상

WAR
LORD 워로드구오

　구오는 드디어 50레벨이 되었다. 창고의 가장 안쪽에 고이 모셔두었던 오크 히어로의 증표를 장착할 수 있는 레벨이 된 것이다.

"음, 좋군."

구오는 민족스러운 표성으로 자신의 팔뚝을 바라보았다. 은색으로 살짝 빛나는 팔찌는 영웅의 상징이다.

그러나 곧 구오는 고민을 하기 시작했다.

"이게 가죽 속성 아이템이란 말이야. 그래서 전사계랑 순찰자계가 모두 쓸 수 있는 거고."

생각해 보니 구오는 기사로 전업을 할 계획이다. 당연히 방어력이 높은 판금 계열의 팔뚝 방어구를 낄 수 있다.

물론 유니크라는 것은 가죽이나 천 같은 재료의 한계를 넘어서 소유자에게 충분한 도움을 줄 수 있다. 특히 오크 히어로의 증표는 전용 스킬이 딸리고 옵션에 힘과 체력이 20씩 붙어 있는 A급 유니크다.

"음, 그래도 난 기사 전용 템을 세트로 끼는 게 낫겠지?"

구오는 결론을 내리고 옆에 있던 나싱에게 팔찌를 내밀었다.

"이거 너 껴."

"예? 하지만 그건 오라버니가 끼려고 놔둔 거잖아요."

"나보다 네가 끼는 게 나아. 난 철기사의 갑옷 세트를 준비해 뒀거든."

"아, 철기사의 갑옷 세트요?"

그때야 나싱은 미소를 지으며 팔찌를 받았다.

철기사 세트는 레어로 이루어진 기사 전용 갑옷 세트인데 세트를 모으면 추가적인 효과가 있다. 하지만 기사만 입을 수 있다는 제한 때문에 동급의 다른 아이템보다는 약간 가격이 떨어진다.

구오가 이미 철기사 풀 세트를 모았다면 유니크 팔찌라고 해도 꼭 좋다고만 할 수 없는 것이다.

"그럼 제가 쓸게요. 고마워요, 오라버니."

"그래."

곧 나싱의 팔에 은색으로 은은히 빛나는 오크 히어로의 증표가 채워졌다. 오크 부족 아이템답지 않게 고상한 분위기를 자아내는 팔찌는 방어구라기보다는 장신구처럼 느껴질 정도다.

"공격력하고 생명력이 많이 올라요."

"후훗, 괜히 유니크겠냐. 근데 너, 거기 있는 오크의 함성도 한번 써봐라. 효과가 어떤가 보게."

"오크의 함성이요? 알았어요. 호호호."

설명으로만 보던 오크의 함성. 사용자 본인과 주변 오크들을 광전사 상태로 빠뜨려 공격력을 증가시키는 한편 방어력을 약화시킨다. 이걸 유저가 쓰면 본인만 버서커 상태에 빠지게 될 것이다.

구오와 나싱은 훈련소로 갔다. 50레벨용 훈련 허수아비가 설치되어 있는 방을 잡고 나싱이 자세를 잡았다.

"그럼 써볼게요."

"그래."

"오크의 함성!"

나싱이 스킬 명을 외치자 갑자기 팔찌로부터 커다란 소리가 울려 나왔다.

꾸에에에에엑!

돼지 멱따는 소리. 완벽한 오리지널 사운드라 할 만했다.

동시에 나싱의 전신에 붉은 기운이 감돌았다. 카오스 상태와 비슷했는데 위로 불꽃처럼 타오르는 것이 조금 달랐다.

나싱은 슬프고도 난처한 표정을 지으며 말했다.

"오라버니, 저 이거 안 쓰면 안 될까요?"

"음, 음향 효과가 조금 귀에 거슬리긴 하네. 하하하!"

구오는 웃었다. 내가 안 차길 잘했지. 솔직히 그런 마음이 들었다.

"평소엔 쓸 필요가 없잖아. 급할 때만 써."

"알았어요."

"그나저나 이제 스킬은 어떤 걸 끼지?"

"50레벨 스킬을 껴야죠."

"그렇지."

구오와 나싱이 50레벨이 된 후에 새로 스킬 장착 슬롯이 하나 생겼다. 전업을 하면 다시 하나를 얻게 되어 있지만 아직은 여섯 개다.

구오가 지금까지 장착하고 다녔던 스킬은 클린치, 마킹, 강격, 도발, 다리 꺾기였다. 공격보다는 방어에 집중하고 몬스터들이 다른 동료를 공격하는 것을 방해할 수 있는 쪽으로 구성된 것이다. 구오는 잠시 고민하다 새로 몸통 박치기를 넣었다. 이건 정말 강력한 기술로 전사계 스킬의 꽃이라 할 수 있는 것이다.

Skill

몸통 박치기

제한:50레벨　　　　　　　직업:전사
시전 시간:순간　　　　　　쿨 타임:30초

전사의 최대 무기는 자신의 몸이다. 온몸의 힘과 체중을 상대에게 부딪쳐라! 폭탄과도 같은 파괴력으로 상대의 뼈까지 부술 수 있을 것이다. 강한 대미지는 물론이고 상대를 튕겨내 넘어뜨릴 수도 있는 강력한 기술.

대미지 +강. 명중 +-. 부과 효과 넉백 중.

페널티 기술 실패 시나 상대편 방어 성공 시 반사 대미지 +중.

"명중 보정은 없지만 파괴력이 강하니 내가 쓰기엔 딱이지."

구오가 말하자 나싱도 동의했다.

"오라버니 공격 스킬이 두 개로 늘었네요. 호호호!"

"쩝, 스킬 슬롯이 좀 적은 것 같아. 스킬은 많은데 슬롯이 적으니 짜 맞추기가 애매하단 말이야."

"그러게요. 저도 고민되네요."

니 싱은 아직 새로 넣을 스킬을 정하지 못하고 있었다.

순찰자 스킬은 전사보다 훨씬 다양하다. 그러니 전사보다 더 고민이 되는 것이 당연하다 할 수 있다.

나싱은 일단 헌터로 전업을 할 계획이다.

그동안 그녀가 지니고 다니던 스킬은 빈틈 노리기, 맹타, 고양이 걸음, 연타, 초급 덫 설치였다. 이제 50레벨 급의 스킬 하나를 더 넣을 수 있는데 뭘 넣을까?

"뭐가 좋을까요?"

"필 받는 건 없어?"

"다 좋아 보여요. 힝."

"음, 그럼 중급 덫 넣을래? 아무래도 우리가 소수팟이니 만능형 스킬이 필요할 것 같아. 나중에 풀팟으로 다닐 때에는 공격 스킬로 바꾸고."

"그럴게요. 헤헤."

나싱은 구오가 권하자 두말없이 중급 덫 설치를 넣었다. 이건 초급 덫 설치가 있어야 넣을 수 있는 50렙 제한 스킬이다.

덫 설치 스킬은 일명 돈 던지기 스킬이라고도 한다.

연금술의 투척용 약병들과 함께 쓸 때마다 돈이 깨지는 걸로 유명한데, 이게 고급 덫일수록 비싸다. 하지만 그만큼 효과도 좋고 다양하니 현재는 이게 필요하다고 구오는 판단했다.

나싱 역시 덫 설치가 마음에 드는지 스킬을 넣은 후 순찰자 용품 상점에 가서 여러 가지 덫 설치용 장비를 구입했다.

*　　*　　*

사냥이 훨씬 쉬워졌다. 덫은 비상용이니 함부로 쓰지는 않지만 급할 때에는 아끼지 않았다.

또한 폴에겐 투척용 손도끼를 구입해 주었다. 별다른 스킬

없이도 쓸 수 있는 장거리 무기인만큼 폴이 조금이라도 더 대미지를 주는 데 적지 않게 도움이 되었다.

어느덧 2주가 후딱 지났다. 이제 세 명의 파티 플레이는 숙련의 경지에 달해 리자드맨 전사 정도라면 대여섯 마리가 와도 해결이 가능할 정도였다. 하지만 어디까지나 최우선은 안전이니 무리는 하지 않았다.

팟 하는 소리와 함께 폴의 머리에 작은 섬광이 일었다.

"오, 추카추카. 드디어 49레벨이네."

"아흑, 형님. 고맙습니다."

"폴님이 열심히 하셔서 생각보다 빠르게 올랐네요."

역시 아무리 느려도 경험치는 착실히 쌓인다. 이제 한 레벨 남았다. 셋 모두 기뻐했다.

"흐, 이제 빨리 나머지 한 렙 올리자. 며칠 전부터 쇼부 형 압박이 장난 아니야."

구오는 한숨을 내쉬며 말했다. 쇼부는 구오가 50레벨에 머무르고 기사 전직도 못하는 걸 언제까지나 눈 뜨고 볼 성격이 아니다.

"놀려면 일단 100레벨은 찍고 놀아!"

그것이 쇼부의 말이었다. 물론 구오가 100레벨을 찍으면 그다음에는 150레벨이란 고지를 목표로 해야 할 것이다.

더 지존의 유저 한계 레벨은 200이라 알려져 있다. 서비스를 열 때 100레벨까지의 직업이나 스킬 등은 공개를 했지만 이후에 대한 정보는 일절 주어지지 않았다. 아마 최초로 100레벨을 찍고 3차 직업으로 전직하는 사람이 나와야 밝힐 것 같았다.

어쨌든 구오에겐 시간이 많지 않다. 쇼부와 다른 길드원들의 눈치도 봐야 했다. 혼자라면 편하겠지만 무리를 지어 그 수장이 되었으니 그만큼 제약도 있다.

"1레벨은 금방이죠. 폴님, 홧팅이에요."

"옙, 누님. 염려 마십쇼. 금방 올리겠습니다."

폴의 말에 나싱은 살짝 미소만 지었다. 솔직한 심정으로는 폴이 좀 느리게 레벨을 올렸으면 하는 마음도 있다. 폴이 50레벨이 되면 당분간은 구오와 떨어져 있어야 하기 때문이다.

조금 더 같이 있고 싶다. 하지만 나싱은 구오의 사정을 알기에 계속 같이 다니고 싶다는 말은 하지 않았다.

문제는 구오가 아닌 다른 사람과 같이 다니기를 꺼리는 자신에게 있음을 알고 있다. 조금 더 시간이 지나면 일반 유저들과 자연스럽게 어울릴 자신이 생길 것이라고 믿고 노력하는 중이다.

"그런데 이제 리자드맨 순찰자하고 전사들로는 경험치가 거의 안 나와요."

폴의 말에 구오도 동의했다.

"하기야 그놈들이 40렙에서 42렙이니 좀 그렇긴 하네."

"그럼 다른 데로 옮길까요? 아니면 리자드맨 동굴에 가죠."

"헐, 네가 드디어 간덩이가 부었구나."

구오는 손가락을 좌우로 흔들며 쯔쯔 하고 혀를 찼다. 리자드맨 동굴에는 45레벨 이상의 상급 리자드맨들이 있다. 또 동굴이라 레벨에 비해 강하고 그중에는 파티용 몬스터들도 섞여 있다. 무엇보다 동굴 안에서는 절대적 안전지대가 없다. 여차할 때 퇴로가 없는 것이다.

"중요한 건 폴이 죽지 않는 거야. 그게 전제잖아."

지금까지 9레벨을 올리느라 얼마나 고생을 했는데 막판에 와서 위험도를 올릴까? 구오는 일견의 가치도 없다는 듯 바로 거절했다.

그런데 나싱이 다시 말했다.

"오라버니, 제가 저번에 잠깐 거기 가봤는데요, 1층에서만 놀면 할 만하겠더라고요."

"그래?"

"예, 여차하면 지상으로 올라오고요. 또 1층에는 마법을 쓰는 몹이 없어요."

"오호."

구오는 아직 리자드맨의 동굴에 들어가 본 적이 없다. 세상에 40~50레벨용 던전이 그곳만 있는 건 아니다.

마키오의 거점 마을인 소롬 근방에는 전사의 무덤이란 던전이 있는데, 그곳은 난이도가 좀 있지만 경험치와 아이템 양

쪽을 노릴 수 있는 최고급 던전이라 할 만했다. 소름 마을을 찾는 외부인들은 대부분 전사의 무덤에서 레벨을 올리러 오는 것이다.

반면 리자드맨의 동굴은 경험치와 아이템이 다 좋지 않다. 그만큼 쉬운 면이 있기에 구오는 폴의 육성에 이곳을 택한 것이다.

그런데 이제 던전 안으로 들어가자는 말이 나왔다.

구오는 잠시 고민하다가 결국 고개를 끄덕였다.

"그래, 어차피 시간도 별로 없고 필드는 이제 효율이 너무 안 좋아. 가보자."

결단을 내리면 실행은 바로바로다. 숲 한가운데에 있는 리자드맨의 동굴까지 가는 길은 이미 알고 있기에 다른 리자드맨과의 접촉없이 갈 수 있었다.

거대한 바위 세 개의 틈 사이로 이어진 리자드맨의 동굴 입구, 몇몇 유저들이 눈에 보였다.

"그래도 사람이 있네?"

"전사의 무덤에 너무 사람이 많이 몰려서요. 요즘 이쪽으로도 좀 오더라고요."

"그래?"

"근데 템이 너무 안 나와서 결국 좀 하다가 전사의 무덤 쪽으로 간대요. 사람도 적어서 미리 팟을 짜서 오지 않으면 팟 구하기도 힘들고요. 여긴 버림받은 던전이 되려나 봐요."

“하긴 그게 바로 부익부빈익빈 이론이지. 어쨌든 들어가
자.”

비인기 던전이라고 해도 경험치는 들어온다. 구오 일행은
곧 사냥을 시작했고, 예상했던 것보다 훨씬 쾌적하게 사냥을
할 수 있었다.

“흐, 역시 폴이 제 몫을 하니까 할 만하군.”

“후훗, 형님. 제가 풋내기인 줄 아십니까.”

“아니. 전직 풋내기로 알고 있어.”

“전직은 빼고 현직으로 말하자니까요.”

“그래, 너 많이 컸다.”

“잡담 그만 하고 이놈도 처리해 줘요. 힝.”

이제는 전투 중에 담소를 나눌 여유도 생긴 일행이다. 안전
을 위해 여전히 두 마리 이하로만 잡고 있지만 이제는 세 마
리가 와도 능히 처리할 수 있을 거라고 믿었다. 그만큼 여유
가 더 생기니 오히려 필드에서보다 사냥이 편했다.

좁은 공간이라 길목만 주의하면 엄하게 달려드는 몬스터
가 없으니 자리만 잘 잡으면 거의 한 마리씩 잡을 수 있었다.

“좋았어. 이런 식이면 내일이나 모레에는 업하겠군.”

“충분하죠. 하하하!”

한참 좋아하고 있을 때였다. 안쪽 굴에서 누군가가 외치는
소리가 들렸다.

“피하세요! 몹 몰려와요!”

"허걱, 이게 뭔 소리야?"

폴이 당황한 표정으로 안쪽을 보았다. 구오는 한숨을 내쉬며 말했다.

"설명 들으려 하지 말고 걍 뛰어."

구오가 뛰니 나싱도 두말없이 뛰었다. 폴은 어어 하고는 얼떨결에 같이 도망갔다.

구오 일행은 입구로 나오자마자 좌측으로 살짝 돌아서 숲 뒤쪽에 숨었다. 그러자 잠시 후 몇 명의 사람이 달려나오고, 그 뒤로 리자드맨 여섯 마리가 줄지어 튀어나왔다.

"쟤네들이 사냥하다 몹들을 잘못 건드린 거야."

"아항."

"던전에서 사냥할 때에는 우리가 잘못하지 않아도 이런 일이 일어날 수 있으니 조심해야 돼."

나싱도 알았다는 듯이 고개를 끄덕였다.

"그래도 소리는 질러주네요."

"그게 매너니까. 소리 안 지르고 몹만 몰아서 도망가면 문제가 커져. 보통은 일부러 그랬다고 따지고 들걸?"

"일부러 그러는 사람도 있어요?"

"던전 안에서 안전지대는 많지 않은데, 보통 경험치 팟 하는 사람들은 그런 자리에 진을 치고 사방의 몹들을 끌어다 잡잖아. 그런 자리를 빼앗으려고 가끔 몹 몰아서 덮치는 놈들이 있어. 비매너 중에 가장 악질적인 거지."

"그러네요."

나싱은 그냥 알았다고 대답했지만 폴은 그 말에 황당하면서도 분노한 표정을 지었다.

"아니, 그럼 그까짓 자리 하나 때문에 같은 모험자들을 몬스터에게 죽게 만드는 겁니까? 그런 나쁜 놈들이 정말로 있다고요?"

"폴아, 우리 유저들은 너희들과는 조금 가치관이 달라. 네가 보기엔 그런 놈은 콱 잡아다 사형을 시켜야 될 것 같지?"

"그럼요. 볼 것도 없이 능지처참입니다. 아니면 대로에 매달아놓고 화형을 시켜야 돼요."

"사실은 내 마음도 그런데, 하는 놈들은 그걸 그냥 재미로 하거든. 시스템적으로도 범죄가 안 되니까 괜찮다고 하는 거야."

"으으, 저는 인정 못하겠습니다. 세상의 규범이 어떻든 간에 그런 놈을 보면 꼭 잡아다 처벌할 겁니다."

"너는 그래도 되지, 엔피씨니까."

구오는 이쯤에서 폴을 달랬다. 더 이상 잡담을 할 여유가 없었다. 튀어나왔던 던전의 리자드맨들이 다시 돌아갔으니 이제는 그들도 자리로 돌아가 사냥을 재개해야 했다.

그런데 막상 원래 있던 자리로 돌아가니 다른 사람들이 와 있었다.

"어?"

다섯 명의 파티원이 구오 일행을 힐끗 보고는 계속 사냥에 집중했다.

"저, 여기 우리가 하던 자리인데요."

구오가 정중하게 말하자 그때야 겨우 힐러인 한 여자가 이쪽으로 보고 말했다.

"저희가 왔을 때에는 아무도 없었거든요."

"방금 전에 트레인 났었거든요. 그래서 저희도 던전 밖으로 피했죠. 아직 이 근처 몹들이 다 안 생겨났으니 저희가 하던 자리인 건 아실 텐데요."

"이 근처 몹들은 저희가 다 잡았거든요."

"예?"

구오는 황당했다. 나싱도 살짝 이마를 찡그렸다. 폴은 코에서 김을 뿜었다.

결국 폴이 못 참고 성난 목소리로 항의했다.

"이보쇼! 그게 말이 되는 소리요? 무슨 리자드맨이 컵라면이요, 3분 만에 다 다시 나오게?"

"아니, 저를 의심하는 거예요? 분명히 우리가 왔을 때에는 이 자리에 아무도 없었고, 또 몹들도 다 있었어요. 그러니 방해하지 말고 저리 비켜요."

완전한 억지다. 표정부터가 뻔뻔스럽게 생긴 여자다. 구오의 눈빛이 차가워졌다. 그러나 곧 구오는 씨익 웃으며 말했다.

"예, 예, 그러면 어쩔 수 없죠. 저희가 다른 데로 가겠습니다."

"알았으면 가세요. 홍. 한참 사냥하는데 방해하고 난리야."

"어, 형님. 여기 우리 자린데 왜 우리가 비켜야 합니까?"

"잔말 말고 가자."

구오는 계속 흥분해 있는 폴을 억지로 끌고 다시 던전 밖으로 나갔다.

밖으로 끌려 나온 폴은 구오가 겨우 잡은 손을 풀어주자 바닥의 돌멩이를 발로 탁 차며 분통을 터뜨렸다.

"우씨, 이런 나쁜 놈들이 있나."

"일일이 열받지 마라, 아마추어처럼."

"열받잖아요!"

"왜 열받는데?"

"저놈들, 고의란 말입니다."

"어, 너도 아는구나?"

"예? 그럼 형님은 고의란 걸 알면서도 그냥 물러난 겁니까? 어찌 사내로 태어나 불의를 보고 그냥 물러난단 말입니까?"

"꽤 비장하게 말하네? 너도 오래 못 살겠다."

"으윽, 제가 왜 오래 못 살아요. 저는 예쁜 와이프 얻고 토끼 같은 아이들 낳아서 벽에 똥칠할 때까지 안 죽을 겁니다."

"그건 네 희망 사항이고. 지금 나 없었으면 넌 죽었어."

“으윽.”

구오는 손가락을 좌우로 까닥거리며 말했다.

“제조다.”

“예?”

“일부러 시비 걸어서 우리랑 싸운 후에 죽이고 템 빼앗으려는 거야.”

“예에? 세상에 그런 나쁜 놈이 있다고요!”

“응, 있어. 그래도 이 근처에는 거의 없어졌는데 잠시 신경 안 썼더니 또 생겼네. 쩝.”

구오는 혀를 찼다. 이놈의 제조와 비매너는 눈에 보이지 않는 곳에서부터 서서히 번식하기 때문에 정말 세상이 멸망해도 절대 사라지지 않을 것 같다.

“어떻게 할까요?”

“옛날 같으면 매뉴얼대로 상대를 해줘야겠지만 지금은 그게 중요한 게 아니야. 일단 저놈들 이름 다 적어놨으니 길드 리스트에나 올려놓지, 뭐.”

“예.”

구오는 이제 이런 허접한 애들은 직접 상대할 필요를 느끼지 못한다. 그저 길드의 블랙리스트 제조 용의자란에 이름만 올려놓으면 길드에서 제조제조반이 여유가 있을 때 한 번씩 처리를 해준다.

물론 구오도 제조제조반의 멤버이니 나중에 직접 이들을

단죄할지도 모른다. 아무튼 지금은 신경 끊고 폴에게 집중했다.

다시 자리를 잡고 사냥을 시작하니 제조하는 놈들도 굳이 구오만 집요하게 노리지는 않았다. 가끔 주변에서 싸우는 소리가 들리는 것으로 보아 애먼 사람들이 낚이는 것 같았다.

폴은 그때마다 소리 나는 쪽을 보며 이를 갈았다.

"집중해."

구오가 엄하게 말하니 폴은 겨우 다시 눈앞의 몬스터를 노려보며 할버드를 휘둘렀다. 감정이 실린 듯 여느 때보다 할버드가 더욱 힘찼다.

분노는 잘만 이용하면 사람을 발전시키는 원동력이 되는 것일까? 확실히 폴의 대미지가 상승하여 경험치를 많이 먹었다.

그날 사냥이 끝났을 때, 폴은 던전을 나오면서 말했다.

"제가 자경대장이 되면 저런 놈은 마을에 들어오지도 못하게 할 겁니다."

"그래, 그건 네 맘이야. 꼭 그래라. 하하하!"

구오는 폴이 점점 정의의 사명감에 물들어가는 것을 보고 크게 웃었다.

'잘하면 세상을 구하겠다고 설칠지도 모르겠네. 크크크.'

일개 자경대원에게는 있을 수 없는 일이다. 그래도 폴의 눈빛만큼은 전설적인 영웅들의 눈에 서린, 굳은 신념이 깃든 그

것이었다.

*　　　*　　　*

"소롬 마을 쪽은 순조롭게 진행되고 있습니다. 현재 약 50여 명이 그쪽에 자리를 잡고 활동을 하고 있는데 얼마나 더 넣을까요?"

보고를 받은 샤이나는 목록을 일일이 살피고는 말했다.

"일단 100명을 채우세요. 하지만 지역 자체가 상당히 좁으니 그 이상은 안 됩니다."

"옙."

"헬게이트와의 인과 관계가 있는 사람은 목록에서 빼야 함을 잊지 마세요."

"물론입니다. 이번에 투입되는 막장조들은 적이고 아군이고가 없는 무차별 파괴 행위를 전문으로 하는 자들이니 그들은 자신들이 행동해야 하는 거점만 알 뿐, 다른 어떤 정보도 가지지 못한 상황입니다."

"좋아요. 장수를 잡으려면 말을 쏘고, 영주를 몰락시키려면 영지를 황폐화하는 법이니, 빠른 시일 내에 소롬 근방을 반 제국 최대의 비매너 지역으로 소문내세요. 그래야 나중에 일을 하기가 편합니다."

"옛, 어차피 이미 일이 진행되고 있으니 곧 결과가 나올 것입니다."

"그럼 계속 수고해 주세요."

한 지역을 막장조로 황폐화시키라는 살벌한 명령이지만 그걸 명하는 샤이나의 미소는 아주 해맑아 보였다. 그 점이 더욱 섬뜩해 보였다.

부하 직원이 가져온 서류에 결재를 끝낸 샤이나는 다시 오자와 실장한테 제출할 정기 보고서를 작성하기 시작했다.

"대충 밑작업을 해놔야 나중에 위에서 결정이 났을 때 신속한 결판을 낼 수 있지. 마키오? 어디서 나온 말 뼈다귀인지 모르지만 게임의 세계는 냉정한 거니까. 호호호."

이것으로 마키오는 성장하기는커녕 점점 약체화될 것이다. 물론 그들은 자신들이 왜 이런 고난을 당해야 하는지 상상도 하지 못하리라. 그것이 순진한 지역구 게이머들의 한계이므로.

샤이나는 안됐다는 듯이 혀로 입술을 두어 번 적시며 정기 보고서의 작성을 끝냈다.

*   *   *

3일 후, 폴은 드디어 50레벨을 찍을 수 있었다.

폴의 머리 위에 섬광이 이는 순간 구오와 나싱은 싸우다 말고 동시에 만세를 불렀다. 그 바람에 남은 한 마리의 던전 리자드맨이 놀라서 도망가 버렸지만 구오는 그 운 좋은 리자드맨을 방생하기로 했다.

"축하한다. 이제 전업 퀘스트만 하면 넌 자경대장이네."

"아흐흑, 형님, 누님, 이 은혜는 절대로 잊지 않겠습니다."

"폴님, 축하해요."

"참, 근데 자경대장 전업 퀘스트는 어떻게 하는 거냐? 어려우면 도와줄게."

"아뇨. 어려운 건 없어요. 그냥 50레벨이 되어서 생긴 스킬 슬롯에 새로운 스킬을 넣은 뒤에 마을 수호상에 보고하면 돼요."

"아니, 그렇게 쉽다니."

구오는 약간 억울한 생각이 들었다.

이쪽은 이제부터 기사 전직 퀘스트를 뛰어야 하는데 뒤늦게 레벨 업을 한 폴은 금세 전업을 할 수 있단다. 그러나 질투를 해도 폴의 퀘스트를 어렵게 만들 수는 없다. 구오는 다시 웃으며 손으로 폴의 등을 탁탁 두드렸다.

"그럼 마을로 돌아가자."

"옙."

셋은 같이 마을로 돌아왔다. 폴은 이미 새로 익힐 스킬을 구입해서 들고 있었는데, 그것은 50레벨 전사용 스킬인 버티기였다. 의외로 공격형 스킬보다는 방어형 스킬을 택한 것이다.

Skill

버티기

제한:50레벨   직업:기사, 검투사

시전 시간:순간   쿨 타임:1분

기운을 모아 맞는 데 집중한다. 공격을 당할 때 최대 대미지의 절반까지 마나 소모로 대체된다. 단, 그사이에는 어떤 다른 공격 기술도 쓸 수 없이 오직 평타로만 싸워야 한다. 마나가 떨어지거나 공격 스킬을 사용할 때까지 지속된다.

대미지 감소:최대 50%   마나 감소=대미지

“오호, 머리 좀 썼구나.”

“하하하, 그렇죠. 이게 좋더라고요.”

구오가 칭찬하니 폴은 기분이 좋은 듯 어깨를 으쓱했다. 어차피 그는 마을 밖에서 쓸 수 있는 스킬이 하나도 없다.

그런 만큼 버티기 스킬의 페널티라 할 수 있는 다른 스킬 사용 금지에 대한 부담감이 거의 없는 것이나 마찬가지. 공짜로 생명력이 두 배로 된 것이나 마찬가지인 셈이다.

“그럼 다른 하나는 뭐로 할 거냐?”

“모르겠어요. 일단 전업을 해봐야 할 것 같아요. 어쩌면 수호상이 새로운 스킬을 줄지도 모르거든요.”

“맞다. 원래 너네 스킬은 수호상이 다 가르쳐 준다고 했지?”

유저에게는 없는 시스템이다. 지금까지 유저들은 모두 각 직업의 본거지에 가서 스킬을 샀다.

100레벨까지의 스킬들은 다 그곳에서 팔기 때문에 지금도 고 레벨 유저들 사이에서는 각 스킬 조합에 의한 시너지 효과에 대해 여러 가지 연구가 나오는 모양이다.

수호상은 마을 한가운데에 위치한 거대한 동상이다. 거대하다고 해도 마을 수호상은 3m 정도 크기이다. 도시라면 몇 배나 더 커야 한다.

동상을 처음 만들 때 그 안에 넣었던 세계수의 씨앗이 발아해 마을 전체에 뿌리를 내리면 잎과 꽃과 과일은 없지만 뿌리와 줄기만 있는 나무가 탄생한다. 여기서 줄기란 바로 수호상이다.

수호상의 잎과 열매는 바로 마을 그 자체이다. 수호상은 마을이 완전히 초토화되면 파괴할 수 있지만 그전에는 어떤 수법으로도 죽일 수 없다고 알려져 있다.

폴은 수호상 앞에 가서 섰다. 그리고 한쪽 무릎을 꿇고 앉아 수호상에게 자신이 전업을 할 수 있는 레벨이 되었음을 알렸다.

구오와 나싱은 폴과 수호상이 서로 대화하는 내용을 들을 수는 없었지만 곧 폴의 전신에 노란 빛이 흐르며 폴의 생명력이 대폭 늘어남을 알 수 있었다.

"됐어요. 전 이제부터 자경대장입니다. 하하하하!"

“축하해.”

“또 수호상님이 새로운 스킬을 주셨어요. 결사의 의지라는 스킬인데, 자경대원들의 생명력을 채워주고 공격력을 올려주는 거네요.”

“오호, 대장다운 스킬이군. 그건 유저용이라기보다는 엔피씨 전용 스킬인가 보다.”

“그러게요. 하하하!”

폴의 입가에는 웃음이 떠나지 않았다. 꿈을 이룬 자의 모습은 아름답다. 그것을 보는 구오와 나싱은 뭐라 말로 표현할 수 없는 감동을 느꼈다.

그때, 구오의 귓가에 누군가의 말소리가 들려왔다.

─구오여, 전사 구오여.

“누구십니까?”

구오는 주변을 둘러보았다. 그러나 딱히 근처에 말을 건 사람은 없었다. 나싱 역시 누구세요 하고 주변을 보았다. 그녀도 말소리를 들은 모양이다.

─나는 소롬의 수호상, 이 마을의 근원이다.

“어!”

구오는 놀란 눈으로 수호상을 바라보았다. 그것은 어느 날 길가의 소나무가 갑자기 입을 열어 말을 걸 때의 느낌이라 할 수 있었다.

─나의 아이가 성장하여 새로운 스킬을 주었는데, 아이는

이미 다른 하나의 스킬을 가지고 있구나. 대신 그대들에게 스킬을 주겠노라.

Skill

마신단

제한:150레벨   직업:전사 계열
전제:기공, 내려찍기
시전 시간:1초   쿨 타임:3분

기공과 근력이 합일되어 상상을 초월하는 파괴력을 발휘한다. 단, 즉시 시전도 아니고 명중 보정도 없기에 결정적인 순간이 아니면 빗나갈 확률이 높다. 또한 실패할 경우 방심 상태가 되어 상대의 반격에 대응할 수 없게 된다.

대미지 +극대. 명중 +-. 부과 효과 분쇄 대.

페널티 실패 시 스턴 3~5초. 추가 기절 확률 소 발생.

"오옷, 마신단!"

지난 세월 동안 구오 일행을 숫하게 괴롭혀 왔던 마신단, 폴이 한 번 시전하면 파티원 전체를 위기로 몰아넣었던 그 문제의 스킬이 구오의 인벤창에 들어왔다.

나싱 역시 놀란 표정으로 구오에게 말했다.

"구오 오라버니, 수호상이 화염 표창 던지기란 스킬북을

주네요?”

　“너도 받았어? 150레벨 스킬북?”

　“네, 150레벨 맞아요.”

　“캬, 100레벨 이후엔 이런 식으로 구해야 되는 거였군.”

　구오는 기뻤다.

　구오가 현재까지 경험해 본 더 지존의 시스템을 생각할 때, 좋은 스킬은 아이템보다 오히려 더 중요하다고 할 수 있다. 물론 지금까지는 필요한 모든 스킬을 사서 끼울 수 있었지만 이후엔 다른 듯하다.

　150레벨 이후의 스킬이 상점에서 살 수 있는 것이 아니라 이런 식으로 퀘스트나 다른 어떤 경유로 얻어야 하는 것이라면 이 스킬북의 가치는 상상을 초월한다.

　스킬의 유효성에 따라 다르겠지만 좋은 스킬이라면 유니크 아이템보다도 비쌀 것이다.

　“오라버니, 이거 익힐까요?”

　“아니야. 일단 놔둬보자. 어차피 지금은 150레벨은커녕 100레벨도 찍은 사람이 없잖아. 이게 쉽게 구할 수 없는 스킬이라면 우리가 나중에 150레벨이 되었을 때 꼭 필요한 건지 아닌지를 보고 나서 익혀야 돼. 안 그러면 낭비니까 말이야.”

　“그래요. 그럼 오라버니가 보관해 주세요.”

　“걍 네가 보관해. 순찰자 계열의 스킬북은 다 너한테 줄 테니까, 전사 계열 거 혹시 구하면 나 줘.”

“예.”

“후후훗, 어쨌든 삽질이 아니어서 다행이다. 이제 우리가 전업하고 레벨 업을 할 차례군.”

“그러게요.”

생각지도 못한 횡재에 구오는 연신 웃음이 나왔다. 하지만 다시 생각해 보니 이제는 나싱과 헤어져야 할 시간이다.

기사가 되기 위해서는 도시로 나가 노블 코드의 시험에 통과해야 하는데, 반대로 나싱이 되려고 하는 헌터는 숲 속으로 가야 한다. 서로 길이 정반대인 셈이다.

“음, 그럼 당분간은 따로 놀아야겠네.”

“예.”

구오의 말에 나싱이 짧게 대답했다. 구오는 그 짧은 대답 속에서 나싱의 기분을 느꼈다. 전업 퀘스트는 그렇다 치고 그 이후에도 둘은 떨어져 있어야 한다. 구오는 길드원들에게 돌아가야 하고, 나싱은 솔로를 할 것이다.

“쩝, 이렇게 하자. 지금 따로 노는 건 어쩔 수 없지만 나중에라도 같이 다니려면 서로 레벨을 맞춰야 하잖아.”

“예, 그렇죠.”

“계속 커플 모드 등록해 놓으면 서로 레벨이 벌어질 수가 없지. 하하하하.”

“정말요?”

커플 모드란 말에 나싱은 기쁜 표정을 지었다. 다시 만날 수만 있다면 당분간의 이별은 기다림이란 기대감으로 채울 수 있으리라.

의논이 끝나고 두 사람은 마을로 가서 다시 커플 모드로 등록했다. 이제 둘은 경험치를 공유하기 때문에 언제나 항상 같은 레벨로 있을 수 있다.

"그럼 전 숲으로 들어가 볼게요."

"응, 나도 도시로 가볼게."

"예."

구오와 나싱은 마을 입구에서 헤어지기로 했다. 마지막으로 둘이 같이 걸으니 기분이 좀 그렇다. 구오가 약간 앞에서 걷고, 나싱은 반보쯤 뒤에서 고개를 살짝 숙인 채 걸었다.

입구에 거의 도착할 무렵, 나싱은 겨우 고개를 들어 말했다.

"구오 오라버니, 저 계속 노력해서 금방 사람들하고 어울릴 수 있게 될게요."

"응, 내가 보기에 넌 이미 거의 사람들하고 다른 점이 없어. 그리니 자신감을 가져."

"그래요? 헤헤헤."

구오가 응원해 주니 약간은 기운이 나는 나싱이었다. 둘은 그 길로 헤어져 각자의 전업 퀘스트를 위해 떠났다.

CHAPTER 09
대기업의 유혹

WAR LORD 워로드구오

도쿤 기획사는 일본에서도 손꼽히는 연예인 기획사다.

대기업인 도쿠마루 산하에 있고, 회장의 셋째 아들인 하라타 도쿠마루가 사장으로 있어 기업으로부터의 지원도 빵빵하다.

문제는 그 회장 아들이라는 하라타인데, 이분께서는 원래 아는 사람은 다 엄지손가락을 꼽아주는 유명한 파락호다.

어렸을 때부터 온갖 사고란 사고는 다 쳐서 가문에서 뒤처리를 해주다가 결국 한계에 부딪쳐서 사실상 절연을 당하게 되었다.

그런데 그때 도쿠마루 그룹의 기획실 사원 하나인 오자와 대리가 회장실에 기획서를 제출했다. 하라타에게 가상공간 쪽의 업무를 맡기면 사고도 덜 치고 업무 효율도 나올 것이라는 내용이었다.

아직까지 가상공간에서의 법률은 느슨한 편이다. 여성을 추행하든 폭력을 행사하든 심각한 범죄라고는 여겨지지 않고 있었다. 특히 가상공간 게임 쪽이라면 폭력이 오히려 카리스마가 될 수도 있다.

"이런 세계가 있다니!"

하라타는 가상공간에 매혹되었다. 그야말로 그를 위한 세상이라 할 만했다.

늦게 배운 도둑질이 무서운 법. 하라타는 곧 가상공간 중독에 빠져 버렸다. 현실보다 가상공간이 오히려 더 친숙하게 느껴질 정도였다.

그렇게 해서 하라타는 도쿤 기획사의 가상공간 파트 영업 팀장으로 가문에 다시 돌아올 수 있었다. 그리고 기획서대로 큰 성공을 거두었다.

가상공간 게임을 하면서 하라타는 현실에서의 폭력성이 확 줄었다.

어쩌면 가문에서 쫓겨났던 기간 동안 약간 철이 들어 이제는 들이댈 곳과 참아야 할 곳을 조금은 분간하게 된 것일지도 모른다.

3년 후, 하라타는 도쿤 기획사의 사장이 되어 일반 연예인

들까지 모두 관리하게 되었다. 또한 처음 하라타의 비뚤어진 재능을 알아본 오자와는 도쿤 기획사의 기획실장으로 발탁되었다.

더 지존 내에서도 오자와는 하라타를 보좌했는데, 그의 게임 명은 모모마루이다.

도쿤 기획사의 사장은 하라타가 원하는 삶과 매우 근접한 것이었고, 도쿤 기획사는 점점 발전했다.

특히 가상공간 연예인 육성 부분에서는 업계에서 가장 먼저 뛰어들었던 만큼 거의 70% 이상을 점유하는 상황이었다.

하라타는 더 지존에서도 대규모 연합 길드를 만들었다. 그 자신도 키리칸이라는 캐릭으로 활동하는데, 반 제국 랭킹 5위에 랭크될 정도로 더 지존에 심취해 있었다.

오늘 도쿤 기획사의 정기회의에서도 메인 주제는 더 지존에 관한 것이다.

"피앙 공주의 섭외는 아직인가?"

사장인 하라다기 묻자 오자와 기획실장이 직접 대답했다.

"아직 연락이 닿고 있지 않습니다. 이쪽 기획은 피앙 공주가 할 마음이 있어야 시작될 수 있는 것인데, 일주일을 기다려도 답변이 없는 것으로 보아 아무래도 시간 여유를 두고 피앙 공주를 설득해야 할 것으로 여겨집니다."

"흐음, 하기야 공주란 신분도 있으니 아무래도 섣불리 활동하긴 쉽지 않겠지. 그녀가 연예계 활동을 할 것 같은가?"

"일단 피앙 공주가 더 지존을 하고 있다는 것이 확인된 이상, 지속적인 설득이 효과를 볼 것이라는 섭외부의 의견이 있습니다. 게임을 하다 보면 이것저것 욕심이 생기는 법 아니겠습니까? 그 욕심을 충족시키는 데에는 우리 도쿤 길드가 필요할 겁니다."

"크크큭, 그렇겠지. 누가 뭐래도 우리가 반 제국 최강 아닌가?"

도쿤 길드의 이야기가 나오자 하라타 사장은 기분이 좋아진 듯 웃음을 흘렸다.

아무도 간섭할 수 없는, 누구도 막지 못하는 절대적인 권력, 그것이 게임 내에 있었다.

더 지존에선 내가 황제다!

"좋아, 어차피 피앙 공주가 반 제국에서 게임을 한다면 우리 영역권 안에 있는 셈이지. 기획대로 일을 추진할 준비를 하도록."

"옛."

그렇게 회의는 낙관적인 전망을 남긴 채 끝났다.

그러나 시간이 지나자 그들은 피앙 공주가 마키오란 시골 삼류 길드에 가입을 한 것을 알아내고야 말았다.

쾅!

"도대체 일을 어떻게 한 건가!"

하라타는 회의실 탁자를 두 쪽으로 부수려고 작정한 듯 주먹으로 내려치며 외쳤다.

　가상회의실이라 고통이나 부상이 제한되었기에 망정이지, 아니면 그의 원목 탁자가 아닌 하라타의 주먹이 부서졌을 것이다.

　"피앙 공주가 우리 도쿤 길드가 아닌 다른 길드에 가입하다니? 그것도 듣보잡 삼류 길드에!"

　하라타는 이해가 되지 않는다는 표정으로 말했다.

　어떻게 최강의 도쿤 길드가 연예계 데뷔와 길드 가입을 제의하는 메일을 보냈는데, 회신도 없이 다른 중소 길드에 들어갈 수가 있단 말인가.

　'이건 예의가 아니다.'

　하라타는 속으로 몇 번이나 그렇게 중얼거렸다. 적어도 그의 생각으로는 그랬다.

　오자와 기획실장은 면목없다는 표정으로 답했다.

　"피앙 공주가 이번에 가입한 길드는 마키오란 곳으로, 얼마 전 화제가 되었던 구오라는 유저가 만든 곳입니다. 아직 규모는 작지만 제법 착실한 성장을 하고 있는 것으로 알고 있습니다."

　오자와는 마키오란 길드에 대한 모든 조사를 끝낸 상태다. 조사고 뭐고 할 것도 없이 이미 마키오는 관리 대상 중 하나고, 부하인 샤이나의 보고에 의하면 막장조 100명이 투입되어 마키오의 본거지의 물을 흐리고 있다고 했다. 하지만 오자와는 일단 객관적인 정보만으로 보고를 하고 윗사람의 반응을 기다렸다.

"부숴 버려! 그 마키오란 곳을 없애 버리란 말이다!"

하라타의 입에서는 바로 길드 말살 명령이 튀어나왔다. 최강 길드를 운영하는 그에게 있어 마키오는 개미보다 못한 존재다. 개미가 물어서 살이 부으면 당연히 개미는 눌러 죽여야 한다. 조금도 참을 이유가 없다.

그러나 오자와는 살짝 목소리를 낮추어 하라타에게 말했다.

"사장님, 마키오를 부수는 것은 쉬운 일이지만 그럴 경우 피앙 공주를 섭외하기 힘들게 될 가능성이 큽니다."

"이런 제기랄!"

"우리 도쿤 길드가 일본의 영역권인 반 제국만이 아닌 극동의 패권을 쥐기 위해서는 아무래도 피앙 공주를 포섭할 필요가 있으니 여기는 조금 신중하게 일을 처리하는 것이 어떨까 싶습니다."

"그래서 어쩌란 거지, 오자와 기획실장?"

아무리 성질이 급한 하라타지만 오자와의 말은 웬만하면 듣는 편이다.

개미를 잡느라 집에 불을 지를 수는 없다. 대국을 생각해서 약간은 참을 수 있게 된 하라타였기에 일단 진정을 했다.

오자와는 속으로 안도의 한숨을 내쉬며 말했다.

"방법이 조금 바뀌어도 결과는 같습니다. 피앙 공주가 다른 길드에 들었다면 우리는 그 길드를 통째로 흡수하면 됩니다."

"흠, 부수지 말고 흡수를 하자?"

"예, 마키오의 길드장인 구오란 인물도 섭외를 할 만한 가치는 있는 것으로 판단됩니다. 일반 유저들에게 상당히 좋은 이미지를 구축했으니 도쿤 길드의 홍보에 도움이 될 것입니다."

"음, 구오란 이름은 나도 들어본 적이 있지. 몇 렙이지?"

"이제 50레벨 정도라고 알고 있습니다."

"뭐야? 저 렙 아냐. 그런 놈을 어따 쓰라고."

"레벨은 낮지만 인망이 있으니 제대로 교육시켜서 키우면 될 것입니다. 무엇보다 피앙 공주를 섭외하기 위한 작업이니 쓸모가 없으면 그때 가서 다시 판단하면 될 것입니다."

"그래, 어차피 쓰고 버릴 말이지."

하라타는 겨우 납득한 듯 완전히 흥분을 가라앉히며 의자에 등을 기대었다.

생각해 보니 그것도 나쁘진 않다.

마키오나 구오란 이름 때문에 일시적으로나마 불쾌감을 느낀 것은 결코 잊지 않는다.

생각 같아서는 당장 마키오를 밀어버리고 구오 역시 무한 척살로 게임을 접게 만들어야 직성이 조금이나마 풀릴 것이다.

하지만 반대로 구오를 끌어들여 망가뜨리는 것도 나쁘지 않다. 사람이란 한번 화려한 세계에 발을 들이면 빠져나가는 것은 거의 불가능에 가까운 법.

확 띄웠다가 확 추락시켰을 때 인간이 어떻게 망가지는지를 관찰하는 것 또한 재미있지 않겠는가?

"흐흐흐, 그 계획, 추진하라고."

하라타는 흘러나오는 웃음소리를 참지 않았다.

사장의 명령을 받은 오자와는 하라타의 속마음을 뻔히 알 수 있었지만 그 정도는 말을 꺼낼 때 이미 생각했던 바다.

오히려 오자와가 그런 식으로 몰고 간 느낌도 강하다.

하라타에게 따로 분풀이거리를 줌으로써 전체적인 계획이 차질없이 진행되게 되었으니 그가 의도한 대로라 할 수 있다.

"그럼 시행하겠습니다."

그것으로 회의는 끝났다.

＊　　　＊　　　＊

쾅!

주먹질 한 번에 책상이 부서졌다. 그러나 피엔드의 가슴속의 울분은 조금도 풀리지 않았다.

“그게 무슨 소리냐? 이쪽 지역의 주도권을 마키오에게 넘기고 적극 협조하라니!”

있을 수 없는 일이다. 마키오는 머지않은 장래에 치우고 가야 할 짱돌에 불과했을 터이다. 그런데 하루아침에 본사의 방침이 바뀌었다.

“그럼 우리는? 지금까지 충성해 온 우리는 또 뒷전으로 밀려나 애송이 똥구녕이나 핥고 있으라 이거야!”

피엔드의 말이 점점 거칠어졌다. 여기서 더 나갔다간 본사에 대한 욕이 튀어나올 수 있다.

그건 좋지 않다. 낮말은 본사가 듣고, 밤말도 본사가 듣는다. 그것이 본사의 시스템이다.

트윈도스는 얼른 피엔드의 말을 받아 같이 투덜대기 시작했다.

“아무래도 구오란 놈이 본사에 여자라도 하나 소개했나 본데요. 형님, 우리도 이러고 있을 게 아니라 위에 특별 상납을 좀 합시다.”

“이런 젠장, 그런 건 다 하고 있어. 안 그랬으면 우리가 여기까지 왔겠냐?”

“근데 어쩌실 거유? 시키는 대로 할 거유?”

갑자기 트윈도스가 내용을 확 넘겨서 본론으로 들어가니 피엔드는 욕을 할 타이밍을 잃었다.

머리도 좋고 실력도 좋은 피엔드의 아래에서 무식하기로

명성이 자자한 트윈도스가 이인자 겸 참모 노릇을 할 수 있는 배경이 바로 이것이다. 트윈도스는 성질 더러운 피엔드가 흥분할 만하면 찬물을 끼얹는 재능이 있었다.

피엔드는 이를 박박 갈며 말했다.

"씨발, 시키면 해야지 별수 있냐?"

아직까지 우리 두목은 이성을 잃지 않았구나. 트윈도스는 속으로 안도의 한숨을 쉬었다.

"알겠수다. 그럼 애들보고 그렇게 전하지요."

트윈도스는 피엔드가 또 다른 말을 할까 봐 얼른 몸을 일으켜 사무실 밖으로 나가려 했다. 그런 트윈도스의 등 뒤로 피엔드의 살기 어린 목소리가 들려왔다.

"하지만 두고 봐라. 내 이대로는 안 끝난다."

"그거야 형님 주특기 아니오. 뒤치기 들어갈 때에는 말씀만 해주쇼. 내 확 조져 뿌릴 테니까."

"그래, 그땐 꼭 니가 가라."

피엔드의 허락이 떨어지자 트윈도스는 히죽 웃으며 사무실을 나왔다.

*　　　*　　　*

"그러니까 도쿤 길드에서 연합 제의가 왔다고요?"

구오는 접속을 하자마자 길드 회의실로 들어가며 물었다.

이미 현실공간에서 전화는 받았다.

"응, 이건 또 웬일이래?"

상큼청춘이 어깨를 으쓱하며 손바닥을 휘저었다. 서북 연합에 가입한 지 얼마 되지도 않았는데 도쿤에서 연락이 오다니? 참으로 일이 동시다발적으로 일어나는 느낌이다.

반 제국 최강 길드인 도쿤 길드는 이미 신개발 도시를 세 군데나 장악하고 있는, 명실공히 제국 최대의 길드이다.

초반에 수많은 길드원들을 동원해서 지리적으로 중요한 마을을 장악, 막대한 자금을 동원하여 개발을 한 것이다.

대륙 안쪽으로 진입을 하려면 아무래도 이들 세 도시를 거점으로 삼기 쉽다.

또한 도쿤 길드는 자신들의 도시에 각종 오락 시설을 개발, 그곳에선 도쿤 기획사에 소속된 아이돌 가수를 비롯하여 여러 연예인들이 출연을 하고 있다.

그런 만큼 도쿤 길드는 앞으로도 반 제국에서 플레이하는 유저들로부터 상당한 수입을 얻게 될 것이다.

단지 이들 세 도시의 물가는 그야말로 하루가 다르게 천정부지로 치솟고 있는데, 이것은 누가 봐도 도쿤 길드가 의도적으로 물가를 올리고 있다는 것을 쉽게 알 만하다.

유저들로부터 불평이 터져 나오고 있지만 그런 것은 가볍게 무시할 수 있는 두터운 마인드 실드의 소유자가 도쿤 길드다.

쇼부가 말했다.

"저쪽에선 우리보고 자신들의 산하로 들어오라고 하는 거지. 그럴 경우 우리에게 서북 지역 전체를 맡기고, 현재 우리가 장악하고 있는 마을을 도시로 발전시킬 수 있도록 지속적인 지원을 하겠다는 거야. 또한 도쿤의 영향력 아래에 있는 도시에서 활동할 때 편의도 봐주겠다는군."

"와, 그럼 도쿤 콜로세움 입장료 할인도 되는 거예요? 다음 달에 토네이도의 공연이 있는데."

"할인뿐만 아니라 아마 초대권이 올걸? 로얄석으로 말이야."

"초대권!"

초대권이란 말에 링링의 눈이 반짝하고 빛났다. 남성 4인 그룹인 토네이도의 로얄석 초대권이라면 그녀에겐 유니크 아이템과 비슷한 가치가 있는 것이다.

"그럼 난 일단 찬성! 물론 결정은 구오 오빠가 해요."

"으음, 링링은 일단 찬성이란 말이지?"

"난 반대. 나 도쿤 싫어해."

"상큼청춘 누님은 반대고요. 당삼 형님은요?"

"어느 쪽이든 상관은 없는데, 신중하게 결정해야 될 거야. 일단 연합에 가입을 하면 아무래도 그쪽의 정책에 따라줘야 하니 지금처럼 편하게 지낼 수는 없거든. 서북 지역 연합하고는 달라서 중간에 빠지기도 힘들어. 이건 동등한 연합이 아니라 산하로 들어가는 거니까."

"쇼부 형 의견은 어때요?"

"우리가 친목 길드라면 반대. 하지만 만약 그 위의 무엇인가를 바란다면 찬성. 어쨌든 최강 길드와 연합을 한다는 것은 기회야. 그리고 그쪽에서 제의한 것은 연합 가입 외에도 구오너의 연예계 데뷔도 있잖아. 우선 네가 그걸 어떻게 생각하는지를 알아야 정하기가 쉽지."

"음, 연예계라……. 하하하! 정말 저 연예계 데뷔해도 되는건가요?"

이 얼굴에 연예계 데뷔는 좀 아닌 것 같다.

구오는 스스로 그렇게 생각했다. 전에 한번 그런 제의를 받았을 때에도 일단 거절하지 않았던가.

쇼부는 다시 말했다.

"도쿤에서 너에게 연예계 데뷔를 하라고 말한 것은 너를 프로게이머로 키워주겠다는 뜻일 거야. 노래하고 춤을 추거나 영화에 출연하라는 게 아니고."

"아무래도 그렇겠죠? 하하하하!"

도쿤 기획사에서는 프로게이머를 다수 확보하고 있다. 구오의 실력이라면 그곳에서 능히 살아남을 수 있으리라. 애초에 구오의 꿈도 그쪽에 있으니 이건 그야말로 원하는 바라 할수 있다.

"음, 그럼 일단 만나볼까요?"

구오는 결정을 하기 전에 기획사 사람을 직접 만나볼 필요를 느꼈다. 만나서 대화를 해보면 아무래도 판단에 도움이 될 것 같았다.

그런데 그때 당삼이 말했다.

"주의할 것은 저쪽에서 나온 사람은 섭외의 전문가라는 점이야. 한마디로 사람 꾀는 데에는 전국에서 손꼽히는 실력을 가졌다고 봐야겠지. 내가 아는 한 보통 이런 경우 생각없이 만나면 바로 계약이야. 거절하려고 나갔다가도 계약해 버리곤 하니까 조심해. 거의 최면술 수준이라고 보면 돼."

"그건 그렇겠군요. 그럼 어떻게 하지요?"

"중요한 건 만난 자리에선 절대 계약을 하지 않는 거겠지. 계약을 하더라도 돌아와서 우리 전원이 모인 자리에서 해."

"알겠습니다. 그렇게 하죠."

당삼의 충고는 귀담아들을 필요가 있다. 구오는 고개를 끄덕이고는 회의실을 나갔다.

*　　　*　　　*

구오는 일단 가상공간에서 도쿤의 관계자와 만나기로 약속을 잡았다. 현실로 만났다가 잘못되면 상대 쪽에서 귀찮게 하지 않는다는 보장이 없으니 일단은 현실의 신분을 숨기기로 했다.

약속 장소는 체롯 성채도시에 있는 도쿤 길드 사무실. 상대쪽에게 오라고 하는 것보다는 이쪽이 찾아가는 것이 만약 거절을 하게 되어도 덜 미안할 것 같았다.

체롯 성채도시는 도쿤이 장악하고 있는 삼대도시 중 하나로 종합 엔터테인먼트 스타디움인 도쿤 콜로세움이 있는 유흥도시이다.

그러면서도 군사적인 방비도 뒤떨어지지 않아 혹시 있을지 모르는 다른 세력의 공격에 철저하게 대비되어 있는 모습이었다.

그렇기에 이름에도 성채도시가 붙었다.

"크네요."

구오는 성문 앞에 서서 옆으로 길게 늘어서 있는 성벽을 둘러보며 말했다. 같이 온 쇼부 역시 고개를 끄덕여 동의했다.

"50레벨 이후로는 이곳이 거점으로 이용하기에 가장 편하지. 그런 걸 보면 도쿤에는 도시 개발의 전문가가 있는 거야."

"원래 기업이니 당연히 있겠죠."

두 사람이 가만히 서 있자 문 쪽에서 아름다운 여성 유저가 한 명 다가왔다. 연두색의 로브를 입은 모습이 마법사 계열인 것 같은데, 모험가라기보다는 패션모델과도 같은 느낌이 강했다. 머리카락 한 올 한 올이 정성들여 꾸며져 있었다.

"실례합니다. 구오님과 쇼부님이 아니십니까?"

“그렇습니다만.”

“체롯 성채도시에 어서 오세요. 저는 안내역을 맡은 샤이나라 합니다.”

“아, 잘 부탁드립니다.”

“일단 저희 사무실로 가시죠. 그 뒤에 가능하시면 하루나 이틀 정도 이곳의 관광을 하세요.”

“하하하, 말씀은 고맙습니다만 길드원들이 결과를 기다리고 있으니 오늘 내로 돌아가 봐야 합니다.”

“그러신가요? 그럼 나중에라도 꼭 다시 오세요. 저한테 귀엣말을 주시면 언제든지 안내해 드리겠습니다.”

“감사합니다.”

반쯤 형식적인 인사를 나누자 샤이나는 구오 일행을 사무실로 안내했다. 화려한 마차가 하나 대기하고 있어 걸어갈 필요도 없었다.

마차는 사무실로 곧바로 가는 것이 아니라 도시의 중요 시설이 있는 부분을 돌아서 갔다. 구오 일행이 오늘 돌아간다고 하자 샤이나가 이런 식으로나마 간단한 관광 안내를 하려는 모양이다.

“저곳이 저희 도쿤 길드가 자랑하는 도쿤 콜로세움입니다. 오만 명의 관객을 유치할 수 있는 종합 스타디움으로, 평소에는 자유 무투장 경기가 진행되지만 주말에는 주로 특별 쇼를 개최하지요.”

"오, 확실히 화려하네요."

구오는 새삼 감탄했다. 말로만 듣고 사진으로만 보다가 이렇게 직접 보니 임팩트가 달랐다.

구오는 살짝 쇼부에게 물었다.

"형, 저거 지으려면 얼마쯤 들까?"

"현금으로 수십억 들었다더라. 그것도 인건비 빼고 자재비만."

집을 짓든 성을 쌓든 가상 자재를 모아야 하는 것이 더 지존의 시스템이다. 도쿤이 서버 초기에 자재를 싹쓸이하는 바람에 그쪽 물가가 열 배로 올라 아직까지 자재 가격이 다른 왕국에 비해 상당히 높은 편이다.

"흐미. 대단하네요."

"저 건물만 수십억이지, 이 도시 전체에 도쿤이 돈과 인력을 얼마나 처발랐는지 아무도 몰라. 그들에게 이건 이미 게임이 아니라 사업이라고 봐야겠지."

"하기야, 그룹에서 지원을 받은 기획사라니까 스케일이 우리랑 차원이 다르겠죠."

"그래, 그러니 잘해. 네가 위로 올라가려면 이번에 잘해야 돼."

쇼부의 말을 듣다 보니 그가 내심 기대를 하고 있음을 알 수 있었다. 그러면서도 쉽게 자기주장을 하지 않고 구오에게 판단을 하게 하는 것이 쇼부다웠다.

구오는 잠시 생각을 해보았다.

'링링하고 쇼부 형님은 하는 쪽, 상큼 누님은 반대, 당삼 형님은 완전 중립. 그럼 일단 하는 쪽이 더 많은 건가?

다수결로 따지면 연합을 하는 게 옳다.

'다르게 생각해 보자. 링링은 아이돌 가수 콘서트 티켓, 쇼부 형님은 길드의 출세, 상큼 누님은 그냥 이유없이 감정 문제, 당삼 형님은 어느 쪽이든 오케이.'

이렇게 생각해도 연합을 하는 게 맞을 듯하다. 그러나 상큼 청춘이 싫다고 하는 것도 이해는 간다.

도쿤 기획사는 전부터 악명이 꽤 높은 곳이다. 이전에 그들이 관여했던 게임에서도 횡포가 심하기로 유명했다.

그들이 어느 정도 몸을 사리고 주변 여론에 신경을 쓰는 것은 완전한 힘을 얻기 전까지이다. 일단 절대적인 강함을 손에 넣으면 도쿤은 언제나 그 힘을 이용해 모든 이익을 독점했다.

여기서 문제는 연합을 한 세력들의 미래이다.

이것 또한 애매해서 나중에 토사구팽, 즉 쓰다 버림을 당하는 경우가 상당히 있었다. 하지만 반대로 끝까지 도쿤과 함께 할 수만 있다면 확실한 이익을 얻을 수 있는 것도 사실이다.

'그러니까 같이 악명을 날리면서 말이야. 하하하!

구오는 속으로 웃었다. 나쁜 놈이 되는 것도 그다지 싫어하지는 않는다.

"저곳이 저희 길드의 사무실입니다."

샤이나의 말에 창으로 바깥을 보니 과연 화려하기 그지없는 건물에 크게 도쿤 길드의 문장이 새겨진 간판이 보였다. 광장 한쪽에 있는 간판이 반대편에서 선명히 보일 정도니 간판만 해도 웬만한 집 한 채 크기라 할 수 있었다.

마차가 건물 앞에 도착하자 샤이나가 먼저 내리고 다음에는 구오와 쇼부가 내렸다.

그런데 그때, 옆 건물에 있는 노천카페로부터 한 소년이 득달같이 달려들어 구오의 앞에 넙죽 엎드렸다.

"형님!"

"오잉?"

갑자기 어디서 동생이 나타났지? 구오는 영문을 알 수 없어 어리둥절한 표정으로 소년을 보았다.

윤기가 자르르 흐르는 하얀 피부에 밝은 플라티넘 헤어, 크고 시원한 눈, 균형 잡힌 몸매.

거의 남녀를 구분하기 어려울 정도로 예쁜 얼굴을 소유한 소년이었다. 옷도 샤이나에 뒤지지 않을 정도로 화려하면서도 세련된 로브를 걸쳤다.

"저 좀 길드에 가입시켜 주세요. 제가 이래 봬도 더 지존 최고의 꽃미남이니 꼭 길드에 이익이 될 겁니다."

뭐냐, 이놈은? 구오는 다시 소년을 보았다.

자칭 최고의 꽃미남 역시 구오를 보았다. 눈 한 번 깜박이지 않고 정렬과 신념이 담긴 아름다운 눈동자를 구오에게 각

인시키려고 굳게 결심한 듯한 표정이었다.

문제는 그의 태도였다. 이건 완전 비굴 그 자체다. 가입만 시켜주면 확실한 꼬봉이 되겠다고 맹세하는 자세.

그때 샤이나가 살짝 소년을 가로막듯 걸음을 옮기며 말했다.

"들어가시죠."

"예."

소년은 무시하라는 듯한 샤이나의 태도에 구오와 쇼부는 순순히 따랐다. 그러자 소년은 엎드렸던 몸을 벌떡 일으키며 개구리처럼 펄쩍 뛰어 구오의 다리를 껴안으려 했다.

"형님, 제발!"

이놈은 거머리다! 구오는 순간적으로 깨닫고는 잽싸게 옆으로 피했다.

몸놀림에서 소년이 구오를 이기는 것은 완전 불가능에 가깝다. 붙들고 늘어지려는 시도는 좋았지만 손은 허공을 휘저었을 뿐, 구오는 이미 소년의 영역을 벗어나 사무실로 들어가 버렸다.

쇼부 역시 혹시나 다음 표적이 될지도 모른다는 생각에 얼른 구오를 따라 들어갔다.

"길드 가입 희망자인가 보죠? 도쿤은 길드에 가입 조건을 엄격하게 제한하나요?"

구오가 묻자 샤이나가 살짝 미소를 지으며 대답했다.

"준 길드원이라면 그다지 어렵지 않아요. 하지만 가끔 저렇게 처음부터 정식 길드원으로 발탁되고 싶어서 사무실 앞에 진을 치고 있는 사람도 있어요. 보통은 며칠이면 포기하는데, 저 소년은 일주일째 저러고 있네요. 접속 시간 내내 카페에 대기하고 있다가 귀빈용 마차가 들어오면 무조건 달려오는 거지요."

"오호, 일주일."

구오는 내심 소년의 집념에 감탄했다.

샤이나의 설명에 의하면 정식 길드원이라는 것은 거의 프로게이머나 연예인뿐이니, 소년의 경우는 연예계로 진출하고 싶어 저러는 모양이다.

귀빈용 마차에는 주로 간부가 타는 모양이니 간부의 눈에 들어 바로 가입을 하겠다는 생각인 듯하다.

"쩝, 그런데 왜 내가 아니고 구오지? 나이는 내가 더 들어 보일 텐데."

옆에서 쇼부가 작은 목소리로 한마디 했다. 마차에서 내린 사람이 샤이나 빼고 둘인데 소년은 그중 나이가 적은 구오에게 사정을 했다.

"그러게요. 그 녀석이 보는 눈이 있나 보네요."

"크큭, 하기야 네가 길드장이니 나보다는 너한테 엎드리는 게 맞지. 권력자를 알아보는 눈이 있는 놈이로군."

그렇게 농담 섞인 잡담을 나누는 사이 샤이나는 구오와 쇼부를 접객실로 안내했고, 곧 둘은 안에서 기다리던 섭외 담당자와 정식으로 길드 연합과 구오의 기획사 정식 계약에 대한 논의를 시작했다.

파브라는 이름의 섭외 담당자는 어쩌면 독심술의 대가인지도 모른다. 그는 구오가 마음속으로 생각하고 있는 것을 이미 알고 있는 것처럼 말했다. 그의 제의 하나하니가 모두 마음에 들었고, 구오가 가고자 하는 목적과 거의 일치하고 있었다.

"이건 정말 자신있게 말씀드릴 수 있습니다. 저희 도쿤은 최고의 길드이고, 도쿤 기획사는 가상공간 부분에서 다른 어떤 기획사보다 더 많은 노하우를 가지고 있습니다. 최고가 되고 싶으시다면 저희 기획사가 꼭 도움이 될 겁니다."

"그런가요?"

"아시겠지만 이쪽 바닥은 사람의 재능과 그에 상응하는 기획사의 힘이 만나야 핵폭발을 일으킬 수 있는 겁니다. 재능이 있어도 기획사가 제대로 힘을 쓰지 못하면 많은 기회를 잃을 수 있는 것이죠. 성공을 한다고 해도 큰 성공을 볼 가능성은 적어집니다. 아무래도 힘도 몇 배 들고 말입니다. 그런 점에서 저희 도쿤 기획사는 믿을 만하죠."

쉬지 않고 쏟아져 나오는 파브의 말에는 이런 뉘앙스가 숨겨져 있었다.

구오 넌 선택받은 사람이다. 계약을 하는 순간 넌 이미 성공한 거다. 그러니 주저하지 말아라.

듣고 있으면 정말 최면에 걸리는 듯하다. 바로 펜을 들어 자신의 이름을 적고 사인을 하고 싶은 욕망이 생긴다.

그러나 구오는 아무 말 없이 자신의 앞에 놓인 커피만 다 마시고 일어났다.

"그럼 길드원들과 상의해 보고 다시 연락드리겠습니다."

쓸데없는 말을 더 하다가는 파브에게 넘어갈 것 같았다.

파브의 눈에 살짝 실망한 기색이 엿보였지만 어느새 그는 사람 좋은 영업용 미소를 띤 채 당연하다는 듯이 고개를 끄덕이며 악수를 청했다.

"아, 예. 그럼 좋은 연락 기다리겠습니다."

옆에 앉아 있던 샤이나가 다시 구오를 안내해서 밖으로 나왔다. 그러자 또 아까 그 소년이 카페로부터 튀어나오는 모습이 보였다.

"형님!"

"어서 타죠."

"그러자."

둘은 서둘러 마차에 탔다. 광장 한쪽에서 생쇼를 하기를 싫었다.

돌아오는 길에 문득 쇼부가 구오에게 물었다.

"어떻게 할 거냐?"

구오는 잠시 입을 다물고 있다가 결심한 듯 대답했다.

“거절하려고요.”

“왜? 좋은 기횐데.”

“안 좋아요.”

“그래?”

“예.”

쇼부는 더 이상 묻지 않았다. 구오의 판단이 그렇다면 이견은 없다는 표정이었다.

그런데 사실 구오도 자신이 별로 좋은 선택을 하지 않았다고 생각하고 있었다. 이성적으로는 도쿤과 연합을 하는 것이 좋다고, 그것이 훨씬 이익이라고 생각했다.

힘의 세계의 비정함은 어느 정도 아는 편이다. 강자는 곧 법이다. 아니, 초법이다.

거대한 힘이 있다면 거스르지 않고 묻어가는 것이 세상 사는 가장 쉬운 법일 터이다.

‘그런데 문제는 내가 그렇게 사는 법을 배우지 못했다는 거지. 그냥 내가 법이라고만 배웠으니까. 사부만 빼고.’

지금 생각하니 사부가 구오에게 세뇌 식으로 교육시킨 것은 일종의 제왕학인데, 다른 사람을 거느리는 법이 아니라 천상천하 유아독존으로 존재하는 법이었다.

최종 인간병기란 생각 방식부터 달라야 하는 모양이다. 한마디로 왕싸가지 인성교육이라 할 만하다.

‘음, 내가 천성이 착해서 거기에 넘어가지 않고 이렇게 정

상적으로 자란 거였구나.'

구오는 근거없는 자아도취에 빠져 버렸다.

'어쨌든 그곳과 계약하면 난 일단 프로게이머가 될 수 있겠지. 하지만 그것으로 끝이야. 더 이상의 발전은 없어.'

파브의 말에서 그것을 느낄 수 있었다.

가입이 곧 성공이다. 그 말은 가입해서 프로게이머로 데뷔를 하는 게 끝이란 소리다. 그 뒤에 재능에 따라 무한한 성장 가능성 어쩌고저쩌고 하는 것은 그저 듣기 좋으라고 하는 소리다.

현실이 냉혹하니 꿈이라도 마음껏 먹고살라는 뜻이다.

하지만 연합을 받아들이지 않을 경우 그런 성공조차도 구름 위의 것이 된다.

받아들이는 게 옳다. 그러면 이쪽 지역 일대에선 최고가 될 수 있다. 길드원들을 위해서도 그쪽이 좋을 듯하다.

역시 갈등이 생긴다. 그러나 이미 결정한 일이다.

"사람이 꼭 옳은 길만 가야 하는 건 아니죠. 가고 싶은 길을 가야죠."

구오가 한참 만에 변명하듯 덧붙이자 쇼부는 웃었다.

"네 말이 맞다. 어쨌든 나나 다른 사람들이 가마에 태운 사람은 너니까 네 마음대로 해라."

가마에 태운다는 말은 떠받들어 윗사람으로 섬긴다는 뜻이다. 주종의 관계는 아닐지라도 구오는 길드장. 이해하기 힘들더라도 길드장의 결정에 따라 열심히 노력하는 것이 바로 길드원들의 역할이다. 그것이 일본의 정서라 할 수 있었다.

그런 점이 구오를 편하게 했다. 또 한편으로는 책임감을 느끼게 했다.

*　　　*　　　*

"거절했다고?"

하라타가 묻자 오자와는 고개를 숙이며 대답했다.

"면목없습니다."

설마 구오가 이런 호조건 제의를 거절할 줄은 오자와도 미처 몰랐다. 섭외 팀장인 파브는 구오를 바보라고 칭하며 손가락으로 머리를 빙빙 돌려 보였을 정도다.

하라타는 더 이상 화를 내지 않았다. 그저 무심한 표정으로 책상 위의 서류를 계속 검토했다. 그러나 그의 입으로부터는 서류와 무관한 말이 튀어나왔다.

"부숴 버려. 우리가 손을 썼다는 것은 모르게."

"그렇게 하겠습니다."

이것으로 된 거다. 손을 쓰려고 마음만 먹는다면 방법은 얼마든지 있다. 아직 마키오의 영역권 일대에 깔려 있는 100명의 막장조도 그대로 남아 있다.

물론 마키오를 부순 후에 피앙을 섭외할 방법도 다 구상되어 있다.

단지 하라타에게 구오란 장난감을 선물하려던 것이 실패했을 뿐이다. 부숴 버린 장남감은 더 이상 장남감이 아니니까. 나중에 따로 장난감을 만들어야 하는 일만 남았다.

"장난감도 못 되는 쓸모없는 놈."

오자와는 그렇게 중얼거리며 사장실을 나섰다. 어쨌거나 구오는 분석팀의 예상을 두 번이나 어긋나게 한 인물로 오자와의 기억에 남았다.

*   *   *

마키오의 길드 사무실로 돌아온 구오는 사람들에게 정식으로 이번 연합을 거절하겠다고 말했다. 구오가 일단 그렇게 말하자 링링도 별로 구오를 설득하려 하지 않았다.

"쳇, 역시 내 팔자에 공짜표는 없는 건가, 당삼 오빠?"

"으윽, 알았다. 내 월급 받으면 두 장 끊어줄게."

"헤헤헤, 역시 당삼 오빠는 내 영원한 밥줄이야."

"실제로 너 밥을 내가 해주니 그 말을 부정하진 못하겠다."

당삼은 요리사다. 동생인 링링은 철들기 전부터 당삼의 요리를 먹고 자랐다고 했다.

"나중에 후환이 있지 않을까?"

상큼청춘이 약간 걱정스러운 눈으로 말했다. 반대표를 던

졌던 그녀이지만 막상 정말로 거절을 했다고 하자 살짝 겁이
나는 모양이다.

구오는 상큼청춘의 우려를 인정한다는 듯 고개를 끄덕였
다.

"그럴 수도 있죠. 약간은 대비해 놓는 게 좋겠네요."

쇼부도 동의했다.

"그래, 최소한 도쿤 길드에서 너 아닌 다른 길드를 선택한
후에 이쪽 지역 전체에 압력을 가해올 가능성이 아주 높다.
우리에겐 힘이 필요해. 외부의 압력에 흔들리지 않을 정도의
힘이."

"쩝, 조금 힘들게 됐네요."

구오가 미안한 표정으로 말하자 당삼이 웃었다.

"너답지 않게 뭘 고민하냐? 어떻게든 될 테니까 그냥 하던
대로 하자."

"그래, 너 빨리 전업 퀘 끝내라."

"예, 내일이나 모레쯤이면 끝날 거예요."

"오키. 그럼 난 길드원들을 분석해서 정식으로 조직 전투
훈련을 할 만한 그룹을 만들어봐야겠다."

"앗, 쇼부 오빠. 나도 거기 껴줘요."

"링링아, 너는 발 안 해도 무조건 가입이다. 너네 친구들도
가입시켜라."

"호호호훗, 이제 보니 쇼부 오빠는 우리 철화회의 실력을

인정하고 있었군요. 염려 마세요. 여긴 현실과는 다른 게임 속이니 우리가 남성 전투 부대보다 훨씬 세질 수 있다고요.”

“그래그래, 최소한 전투 의욕만큼은 최고라고 인정해 주마. 하하하!”

사람들이 화기애애하게 조직 개편을 하는 모습이 보기에 나쁘지 않다. 구오는 그걸 보면서 문득 나싱 생각을 했다.

‘이번에 나싱이 전업을 하고 돌아오면 사람들하고 같이 어울릴 수 있을까?

구오는 나싱도 하루빨리 이들과 같이 길드의 일에 동참할 수 있으면 좋겠다고 생각했다.

『워로드 구오』 3권에 계속…

권말 부록—워로드 구오 설정

스킬

스킬을 습득하고 익히는 것에 대한 수적 제한은 없다. 단, 각 스킬마다 해당 직업과 최저 습득 레벨은 있다.

또한 마법도 스킬이다.

스킬은 계속해서 개발되어 신 스킬이 나오는데, 유저 중에는 익힐 수 있는 모든 스킬을 익히겠다는 콜렉터도 있다. 하지만 그건 결코 쉬운 일이 아니다.

일단 100레벨까지의 스킬의 장착과 변화는 각 직업학교의 마스터가 행해준다. 물론 돈이 들지만 그렇게까지 비싼 건 아니다. 더 지존이 오픈하면서 100레벨까지의 스킬에 대한 리스트는 공개된 바 있다.

문제는 그 이후이다. 150레벨과 200레벨의 스킬을 어디에서 구할 수 있는지, 어떤 것이 있는지는 전혀 알려지지 않았다. 앞으로 공개한다는 예정 발표도 없다.

a. 스킬의 장착

스킬을 익혔다고 해서 항상 쓸 수 있는 것은 아니다. 레벨별로 주어진 스킬 슬롯에 장착을 한 것만 사용할 수 있다.

10레벨에 슬롯이 두 개 생긴다. 이후 10렙이 오를 때마다 한 개씩 늘어난다. 직업 승급을 하는 50, 100, 150, 200에는 두 개가 늘어 모두 25개의 스킬 슬롯이 생긴다.

여기서 중요한 건 저 레벨 슬롯에 고 레벨 스킬을 끼지는 못한다는 점이다. 반대로 고 레벨 슬롯에 저 레벨을 끼는 것은 가능하다.

1차 직업:10-2 20-3 30-4 40-5
2차 직업:50-7 60-8 70-9 80-10 90-11
3차 직업:100-13 110-14 120-15 130-16 140-17
4차 직업:150-19 160-20 170-21 180-22 190-23
만 레벨:200-25

직업학교에서는 전직을 할 때마다 전직 선물로 상위의 스킬을 하나 준다. 특히 만 레벨이 되면 만 레벨 용 스킬을 주는데, 만 레벨용 스킬은 상점에서 전혀 팔지 않으므로 하나 얻고 더 얻고 싶으면 퀘스트를 통하거나 강력한 마물을 잡아야 한다.

b. 상급 스킬

스킬 중에는 상급 스킬이란 것이 있는데, 이건 관련 하급 스킬 몇 개가 장착되었을 때에만 장착할 수 있다.

상급 스킬은 100레벨부터 나온다.

소문에 의하면 최상급 스킬이란 것도 있다고 한다. 이건 상급 스킬을 전제 조건으로 가진다고 한다.

c. 아이템에 의한 스킬 사용

유니크 이상의 아이템 중에는 스킬이 장착되어 있는 것이 있다. 어떤 유저가 25개 이상의 스킬을 사용한다면 그는 유니크 이상의 아이템을 장착하고 있다는 뜻일 것이다. 스킬 옵션이 있는 아이템은 매우 희귀한 것으로 특별한 사연을 지니고 있거나 혹은 스스로 생각하는 에고 아이템인 경우도 있다.

d. 마정석에 의한 스킬 사용

마정석이란 무기나 갑옷을 강화하는 돌로 기본적으로는 능력치를 증가시키거나 속성 방어를 올려준다. 그러나 최상급 마정석 중에는 자동발동 스킬 효과가 있는 경우가 있다. 이러한 최상급 마정석은 유니크 아이템 이상의 가치가 있다.

스킬 리스트—1

　마법형 스킬이나 필살기형 스킬은 시전 시간이 있다. 그사이에 공격을 받으면 스킬이 깨질 수 있으니 주의해야 한다.
　각 스킬마다 쿨 타임이 있는데, 이것은 스킬을 재사용할 수 있는 제한 시간이다.
　자동 명중과 마법은 상응하는 회피 스킬 아니면 아예 피할 수 없다. 단, 마법은 저항으로 효과를 줄이거나 무시할 수 있다.

1. 강격
제한:10레벨　　　　　　　　　직업:전사, 치유사
스킬 지속 시간:순간　　　　　　쿨 타임:10초
무기 공격에 추가 대미지를 주고 사용자에게 10초간 방어력 강화 효과를 준다.
대미지 +소. 명중 +소. 방어력 +소.

2. 맹타
제한:10레벨　　　　　　　　　직업:전사, 순찰자
스킬 지속 시간:순간　　　　　　쿨 타임:10초
무기 공격에 추가 대미지를 주고 사용자에게 10초간 방어력

감소 효과를 준다.

　대미지 +중. 명중 자동. 방어력 -중.

　3. 클린치

제한:10레벨　　　　　　　　직업:전사

스킬 지속 시간:유지　　　　　쿨 타임:10초

　상대를 껴안아 이동력과 공격력을 감소시키고 스킬도 잘 쓰지 못하게 한다. 단, 사용자는 시전 중 공격을 못한다. 패치 후 시전 지속을 위해서는 마나가 소모되고 상대의 분노도도 계속 상승하게 바뀌었다.

　대미지 없음. 명중 =. 지속 효과 상대 공격력 -소. 상대 스킬 성공률 -중. 분노 상승 중.

　4. 마킹

제한:10레벨　　　　　　　　직업:전사, 순찰자

스킬 지속 시간:유지　　　　　쿨 타임:30초

　대상이 다른 사람을 공격하지 못하도록 집중적으로 공격한다. 단, 시전자가 다른 표적을 공격할 경우 즉시 효과가 풀어진다.

　대미지 없음. 명중 자동. 지속 효과 분노 상승 소. 명중 보정 +소. 회피 보정 +소

5. 도발

제한:10레벨　　　　　　　　직업:전사, 마법사

스킬 지속 시간:순간　　　　　속성:마법

시전 시간:1초　　　　　　　　쿨 타임:12초

자극적인 말투와 마법의 효과로 상대의 분노 수치를 높인
다.

대미지 없음. 저항 +중. 분노 상승 +중.

6. 은신

제한:10레벨　　　　　　　　직업: 순찰자, 마법사

스킬 지속 시간:유지　　　　　속성:마법

시전 시간:1초　　　　　　　　쿨 타임:30초

마법으로 모습을 감춘 채 움직이지 않는다. 움직이면 자동
적으로 깨진다. 전투 중 시전하면 자신에 대한 상대의 분노 수
치를 감소시키는 효과가 있다.

성공 자동. 지속 효과 분노 상승 -소.

7. 화염창

제한:10레벨　　　　　　　　직업:마법사

속성:마법

시전 시간:2초　　　　　　　　쿨 타임:12초

마법사 최초의 공격 마법. 추가 효과는 없지만 소비 마나에

비해 대미지 보정과 저항 보정이 높아 고 레벨도 즐겨 사용한
다.

　대미지 +중. 저항 +고.

　8. 힐링
제한:10레벨　　　　　　　　직업:치유사
속성:마법
시전 시간:2초　　　　　　　쿨 타임:12초
치유사의 특권인 치유 마법이다. 언데드에겐 공격 마법으로
사용할 수 있는데, 이 경우 마법사의 공격 마법보다 효율이 좋
다.

　회복량 +소. 저항 +고.

　9. 초급 부활
제한:10레벨　　　　　　　　직업:치유사
속성:마법
시전 시간:10초　　　　　　　쿨 타임:10분
치유사의 또 다른 특권인 부활 마법이다. 죽은 유저를 그 자
리에서 다시 살아나게 한다. 단, 부활 후유증을 감소시키진 못
한다. 언데드에겐 소멸 마법으로 사용된다.

　저항 자동 선택 or =.

10. 다리 꺾기

제한:10레벨　　　　　　　　　직업: 전사, 순찰자

스킬 지속 시간:10초　　　　　　속성:마법

시전 시간:1초　　　　　　　　　쿨 타임:30초

일정 시간 동안 상대의 이동 속도를 줄이는 효과가 있다.

11. 마나리젠

제한:10레벨　　　　　　　　　직업:마법사

마나 회복이 빨라진다. 자동으로 작용하며, 파티에 가입할 경우 파티원 전원에게 효과가 적용된다.

12. 빈틈 노리기

제한:10레벨　　　　　　　　　직업:순찰자

시전 시간:2초　　　　　　　　쿨 타임:순간

상대의 빈틈을 보일 때 온몸의 기력을 모아 찌르면 없던 급소도 만들어진다! 순찰자 스킬의 꽃. 일명 등짝 좀 보자. 단, 상대가 날 볼 때에는 쓰지 마라. 기운을 모으다가 두들겨 맞고 스킬도 깨진다.

대미지 +대. 명중 자동. 특수 효과 급소 보정 50%.

13. 연타

제한:10레벨　　　　　　　　　직업:전사, 순찰자

시전 시간:순간   쿨 타임:10초

첫 공격이 성공하면 10초간 모든 공격의 명중이 올라가고 상대의 회피 기술을 무시할 확률이 생긴다.

대미지 +-. 명중 +소. 기술 무시 +중.

14. 고양이 걸음

제한:10레벨   직업:순찰자

시전 시간:순간   쿨 타임:0초

낙엽을 밟아도 소리가 나지 않는다! 재채기만 하지 않으면 당신의 기척은 없는 것이나 마찬가지. 단, 극도의 집중력을 요하기 때문에 다른 스킬과 마법을 사용하면 스킬 효과가 사라진다.

성공 자동. 지속 시간 다른 스킬 사용까지.

15. 몸통 박치기

제한:50레벨   직업:전사 계열

시전 시간:순간   쿨 타임:30초

전사의 최대 무기는 자신의 몸이다. 온몸의 힘과 체중을 상대에게 부딪쳐라! 폭탄과도 같은 파괴력으로 상대의 뼈까지 부술 수 있을 것이다. 강한 대미지는 물론이고 상대를 튕겨내 넘어뜨릴 수도 있는 강력한 기술.

대미지 +강. 명중 +-. 부과 효과 넉백 중. 페널티 기술 실패 시나 상대편 방어 성공 시 반사 대미지 +중.

16. 버티기

제한:50레벨   직업:기사, 검투사
시전 시간:순간   쿨 타임:1분
  기운을 모아 맞는 데 집중한다. 공격을 당할 때 최대 대미지의 절반까지 마나 소모로 대체된다. 단, 그사이에는 어떤 다른 공격 기술도 쓸 수 없이 오직 평타로만 싸워야 한다. 마나가 떨어지거나 공격 스킬을 사용할 때까지 지속된다.
  대미지 감소 최대 50%. 마나 감소 =대미지.

17. 내려찍기

제한:50레벨   직업:전사, 순찰자
시전 시간:순간   쿨 타임:10초
  사용 제한:상대가 넘어졌을 때나 시전자가 완전히 머리 위에 있을 때.
  아래쪽에 있는 적에게 체중을 실어 찍는다. 대미지 증가는 물론이고 관통력이 강해 방어력을 무시할 가능성이 생기고 치명타율도 올라간다.
  대미지 +강. 명중 자동. 부과 효과 관통 중. 치명타 상승 +소.

18. 마신단

제한:150레벨   직업:전사 계열

전제 스킬:기공, 내려찍기

시전 시간:1초　　　　　　　　쿨 타임:3분

기공과 근력이 합일되어 상상을 초월하는 파괴력을 발휘한다. 단, 즉시 시전도 아니고 명중 보정도 없기에 결정적인 순간이 아니면 빗나갈 확률이 높다. 또한 실패할 경우 방심 상태가 되어 상대의 반격에 대응할 수 없게 된다. 마법이 아닌 필살기이기 때문에 자동 명중은 아니다.

대미지 +극대. 명중 +-. 부과 효과 분쇄 대. 페널티 실패 시 스턴 3~5초. 추가 기절 확률 소 발생.

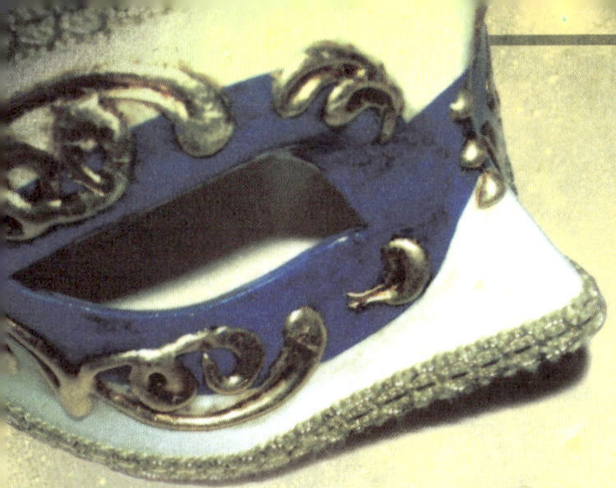

눈매 퓨전 판타지 소설

the *Mask of Leon*

가면의 레온

**중원을 공포로 떨게 만든 희대의 악마, 혈마존.
그의 영혼이 기억을 잃은 채 차원 이동을 한다.**

한 소년과 몸이 바뀐 후 깨어난 혈마존.
기억은 지워지고 싸가지없는 본성만 남았다!
욱할 때마다 튀어나오는 살벌한 말투와 그의 독자 무공.

'아, 나는 왜 이렇게 성격이 더러운가?
어째서 이리도 잔인한 기술을 알고 있는 것인가? 착하게 살고 싶다.'

살인광이었던 그가 전혀 어울리지 않는 대신관이 되기로 결심한다.
하지만 그 본성이 어디 가나…….

"이런 빌어 처먹을 놈들, 신전에서 봉사 활동 안 할래?"

유행이 아닌 자유추구 ―
WWW.chungeoram.com
Book Publishing CHUNGEORAM